LE SECRET

Directeur du magazine *Le Monde des religions* depuis 2004, Frédéric Lenoir est philosophe et docteur de l'École des Hautes Études en sciences sociales (EHESS). Il a écrit une trentaine d'ouvrages traduits en vingt-cinq langues et il est l'auteur de plusieurs romans, publiés au Livre de Poche, qui ont été des best-sellers en France et à l'étranger.

Paru dans Le Livre de Poche :

COMMENT JÉSUS EST DEVENU DIEU
L'ORACLE DELLA LUNA
SOCRATE, JÉSUS, BOUDDHA

En collaboration avec Violette Cabessos :

LA PAROLE PERDUE
LA PROMESSE DE L'ANGE

FRÉDÉRIC LENOIR

Le Secret

ROMAN

ALBIN MICHEL

© Éditions Albin Michel S.A., 2001.
ISBN : 978-2-253-15522-5 – 1ʳᵉ publication LGF

1

1

Tout a commencé dans la nuit du 7 août.

Pierre Morin marchait depuis bientôt une demi-heure, lorsqu'il déboucha en haut de la colline qui surplombe le petit vallon. Il retrouva avec jubilation le vieux chêne qui trônait là, depuis toujours, et au pied duquel il aimait s'adosser pour admirer cette nature belle et sauvage. Au fond du vallon, coulait une rivière bordée de saules et de peupliers. De l'autre côté, une forêt impénétrable montait de manière abrupte. Au loin, lorsque le temps était froid et sec, on pouvait apercevoir les cimes des montagnes.

Un champ en pente séparait le chêne solitaire de la rivière. Peu à peu, il était gagné par la friche, depuis que le phylloxéra avait décimé la quasi-totalité du vignoble du sud de la France. On l'appelait le « champ des roches », car il était jadis jonché de nombreux rochers, rassemblés en son centre tel un cairn géant par les cultivateurs qui avaient planté des vignes sur ses flancs ensoleillés. Envahi par les herbes folles et les épineux, le champ avait perdu toute trace d'exploitation humaine. Même les vieux ceps, laissés à l'abandon, avaient repris une vie sauvage.

Calé contre le tronc noueux, Pierre Morin avala quelques bouchées de pain noir et but une longue rasade de vin. C'était la fin de la fenaison et le jeune homme était harassé par la fatigue d'une chaude journée de fauche. Cillant des paupières, il se délectait du soleil qui rougissait l'horizon. Cela faisait environ deux mois qu'il n'avait pas emprunté le sentier menant au champ des roches et il goûta avec émotion cette vue qui l'enchantait.

Ce désir de solitude dans la nature avait toujours paru suspect aux habitants du village. Depuis l'enfance, depuis qu'il rôdait jour et nuit dans les champs et les bois, il lui fallait subir leurs railleries. Mais peu lui importait. Dès que la cloche annonçait la fin de la classe, Pierre courait à l'extérieur du village, contournait le petit pont de pierres sèches et déboulait jusqu'à la rivière. Là, il se débarrassait bien vite du carcan étouffant de son tablier, jetait ses cahiers dans les hautes herbes, puis sautait dans un arbre ou s'accroupissait au bord de l'eau, plongeant son regard dans les sinuosités du ruisseau à la recherche d'insaisissables formes de vie.

Le petit monde animal le fascinait. Enfant, il passait de longs moments à scruter quelques centimètres carrés de mousse au pied d'un vieux tronc, subjugué par l'activité incessante des insectes. Il suivait le parcours d'une fourmi chargée du cadavre d'un scarabée, s'étonnant qu'elle puisse porter allégrement un poids si supérieur au sien. Lorsque la fourmi se heurtait à un obstacle insurmontable, Pierre se faisait une joie de déplacer le caillou ou la brindille qui obstruait sa route. Il l'accompagnait sur des dizaines de mètres, jusqu'à ce qu'elle atteigne enfin l'une des entrées de la fourmi-lière. Il observait les nombreuses guerrières contrôler l'arrivée du chasseur et les ouvrières s'agiter autour de la proie, puis organiser minutieusement son transport dans la petite cavité de terre.

Pierre aimait surtout s'étendre dans l'herbe, à une courte distance de la rivière, fermer les yeux et écouter le chant de la nature. L'écoule-ment de l'eau formait une sorte de grondement continu sur lequel venaient danser une multi-tude de voix les plus variées : le cri aigu du pinson, le sifflement du vent dans le feuillage des peupliers, le piaillement des mésanges, le frêle grésillement d'une sauterelle. Il lui arri-vait d'être si intensément présent à cette sym-phonie pastorale qu'il se sentait fondre dans cet univers de sons jusqu'à perdre toute conscience de lui-même : il ne faisait plus qu'un avec l'eau, le vent, le chant des oiseaux. Il n'était plus dans la nature, il était la nature.

Il comprit très vite que l'homme constituait la principale menace pour ces petits êtres qui lui étaient devenus familiers. Il s'opposa de nombreuses fois à ses camarades quand il les surprenait à arracher les ailes d'une malheureuse libellule ou à donner de grands coups de pied dans une fourmilière. Au-delà de la souffrance gratuitement infligée aux bêtes, il avait suffisamment observé la grâce de leurs mouvements ou la complexité de leur mode de vie pour ne voir dans ces gestes que d'effroyables actes de barbarie.

Cela lui valut bien des tracas avec les enfants de la petite école communale. La situation avait dégénéré alors que Pierre entrait dans sa onzième année. Il avait montré à un camarade un magnifique essaim d'abeilles, niché dans la souche d'un vieil arbre déraciné. Il observait depuis plusieurs semaines l'activité des abeilles et avait déjà réussi à s'approcher si délicatement de l'essaim qu'elles l'avaient laissé regarder la ruche, dégoulinante de miel, tournoyant autour de lui sans jamais l'attaquer. Le dimanche suivant, il fut traîné de force par une dizaine d'enfants qui l'attachèrent à un arbre situé à quelques mètres de la souche, à laquelle ils mirent le feu. Il aperçut des centaines d'abeilles paniquées qui ne savaient que faire pour échapper à l'incendie. Il lui semblait entendre leurs cris de désespoir et se sentait affreusement coupable de les avoir trahies en ayant révélé leur cachette. Ivre de rage et de douleur, il réussit à se libérer et bondit jusqu'au foyer d'où s'élevaient déjà des flammes d'un mètre de hauteur. D'abord moqueurs, ses camarades prirent soudain conscience qu'il ne ressortait pas de derrière l'épais rideau de fumée. En se protégeant la bouche avec leurs mouchoirs, ils réussirent à le tirer par les pieds. Vite asphyxié, Pierre était tombé inanimé. Il portait de nombreuses traces de piqûres d'abeilles. On le transporta jusqu'au village et il fallut l'emmener à la ville pour le soigner. Le médecin affirma que c'était une chance qu'il soit encore en vie et le maintint une semaine alité. L'instituteur, Paul Austan, sermonna vivement les coupables et profita de l'absence de Pierre pour expliquer à la classe que le fils Morin était « différent », qu'il avait « une grande sensibilité pour les bêtes » et qu'il fallait cesser de l'importuner.

Cet événement contribua davantage à isoler le garçon des enfants du village. Tant du fait de ses camarades, dont la plupart avaient reçu à cette occasion l'une des plus belles raclées de leur vie, que de celui de Pierre, qui perdit confiance en ses semblables. Lorsqu'il n'était pas en classe ou occupé aux travaux des champs, il vagabondait dans les bois, suivait pendant des heures le cours des ruisseaux, fixait l'horizon du haut des collines et restait souvent dormir à la belle étoile.

Sa mère, Émilie Morin, avec laquelle il vivait seul, avait commencé par s'en inquiéter. Puis elle finit par admettre l'indépendance et le goût de son enfant pour les escapades nocturnes. Elle souffrit seulement de son refus catégorique de poursuivre ses études en ville. Simple servante de ferme, Émilie avait durement économisé pour offrir à son fils unique une place au pensionnat. Mais Pierre avait toujours préféré les bois et les travaux agricoles au calcul et à la grammaire.

Il venait d'avoir dix-neuf ans et n'envisageait pas d'autre avenir que de demeurer au village, vivant humblement des travaux saisonniers. Cela suffisait pleinement à son bonheur.

En cette soirée du 7 août, Pierre Morin avait donc quitté les prés sans retourner à la ferme, empruntant l'ancien sentier menant à la vigne abandonnée, qui montait en serpentant au-dessus du village. Tandis qu'il finissait son frugal dîner, le soleil s'évanouit à l'horizon. Dans moins de deux heures, il ferait nuit. Pierre resta assis les yeux fermés, goûtant la fraîcheur de la fin du jour. Il entendait les oiseaux qui piaillaient dans le feuillage du chêne. Il sourit et se dit qu'ils savouraient eux aussi la douceur de l'air, après une nouvelle journée suffocante.

Quelques images douces traversaient tranquillement son esprit. Celle du beau visage de Pauline s'imposa finalement. Il connaissait la seconde fille du cafetier depuis l'enfance. Un peu plus âgé qu'elle, il l'avait vue grandir et avait remarqué combien elle embellissait au fil des ans. Elle était devenue une jeune fille épanouie et la pureté de ses traits, alliée à un caractère franc et joyeux, avait suffi à attacher le cœur de Pierre. Pauline n'avait jamais manifesté aucun geste d'attention particulier à son égard. Comme il se sentait lui-même incapable de l'aborder, il avait pris une curieuse initiative au début de l'été : il déposait chaque samedi soir à la fenêtre de la jeune fille un petit cadeau trouvé lors de ses promenades. Tantôt il confectionnait un bouquet de fleurs des prés ; tantôt il rapportait un morceau de bois ou un caillou aux formes étranges ; ou bien encore il fabriquait un collier ou un bracelet de fleurs séchées enroulées autour de fines lianes de lierre tressées. À la nuit tombée, il plaçait son présent sur le rebord de la fenêtre, qu'il atteignait facilement en escaladant un tilleul que le grand-père de la jeune fille avait eu l'excellente idée, se disait-il, de planter tout à côté de la maison, à l'arrière du café.

Pauline était surprise par ces étranges cadeaux qu'elle découvrait chaque dimanche matin en tirant ses rideaux. À vrai dire, hormis quelques bouquets, elle n'appréciait pas particulièrement le caractère bucolique de ces présents. Elle aurait préféré se voir offrir des objets que les marchands ambulants déballaient chaque mois sur la place du village. Mais elle était touchée par ces marques d'affection et brûlait de connaître l'identité de cet amoureux secret.

Bien qu'elle plût à tous les jeunes hommes du village, on ne connaissait à Pauline aucun soupirant. Depuis assez longtemps cependant, elle était séduite par François Farnet, le fils du cantonnier, qui était parti étudier à la ville. L'éloignement du garçon, son intelligence et son ambition avaient accru son aura auprès de la jeune fille qui redoutait maintenant de le perdre complètement. Il venait en effet d'avoir son baccalauréat et s'en était retourné chez ses parents pour l'été avant de repartir dans une ville encore plus grande et encore plus lointaine pour étudier le droit. Pauline avait constaté que les cadeaux étaient apparus quelques jours seulement après son retour au village et elle avait fini par se persuader qu'il en était l'auteur. Cela décupla ses sentiments pour François.

Pierre, évidemment, ne savait rien de ce qui se passait dans cette jolie tête. Depuis plusieurs années, Pauline habitait ses rêves et cela avait longtemps suffi à son bonheur. Sa décision d'offrir des présents à la jeune fille trahissait un désir nouveau de dévoiler ses sentiments et de sonder ceux de Pauline.

Pierre commença à chercher dans la vigne abandonnée quelque chose d'insolite à offrir à son amie. Laissant sa besace au pied du grand chêne, il marcha lentement à travers le champ. Il parvint au petit îlot rocheux envahi par les ronces et l'escalada. Il savoura la vue de la rivière bordée de saules et de peupliers, dont les cimes baignaient dans la douce lumière du soleil couchant. Mais Pierre aimait surtout contempler cette forêt dense et sauvage qui semblait s'étendre à l'infini de l'autre côté du vallon.

Mû par un étrange instinct, il eut envie de courir vers l'eau. Il descendit du cairn géant et dévala le bas du champ les yeux mi-clos et les bras grands ouverts, son corps entièrement offert aux caresses rafraîchissantes du vent. Soudain, son pied heurta un obstacle et il s'écroula violemment à une trentaine de mètres du cours d'eau. Il perdit connaissance.

Non loin de là, cachée derrière un bosquet, une fillette avait assisté à la scène. Elle ne bougea pas.

2

La première nuit, Émilie Morin ne fut pas trop inquiète. Elle était habituée à ce que son fils dorme dehors. Elle fut davantage soucieuse de ne pas le voir réapparaître dans la journée, mais continua à vaquer à ses occupations comme si de rien n'était. Le soir du 8 août, une sourde angoisse commença à lui étreindre la poitrine. Son instinct de mère lui disait qu'il s'était passé quelque chose d'anormal. Elle ne savait que faire car, lorsqu'il partait ainsi, Pierre ne disait jamais où il allait. Elle prit la résolution de questionner les villageois le lendemain matin.

Sixième enfant d'une famille d'ouvriers, Émilie avait été placée à treize ans comme serveuse dans l'auberge de campagne d'un lointain cousin. Devenue une attrayante jeune femme au visage fin et aux formes généreuses, elle avait commencé à troubler le regard des hommes. Sa seule présence, discrète mais envoûtante, avait déjà provoqué plusieurs bagarres et causé pour trois cents francs de dégâts. C'est alors qu'elle était tombée enceinte de Pierre. Ce fut un drame pour l'aubergiste qui l'avait promise à son principal créancier, un veuf assez âgé, qui aurait pourtant consenti à une petite remise de dette, tant la perspective de ce mariage l'avait ragaillardi. Mais l'arrivée de l'enfant, dont Émilie, malgré les menaces et les injures, n'avoua jamais le nom du père, gâcha ce beau projet. Il s'agissait en fait d'un voyageur de passage qui s'était arrêté dans cette humble auberge pour une nuit et était finalement resté plusieurs jours sans que personne comprenne pourquoi.

Jean Rivière était un jeune journaliste parisien descendu dans le sud de la France pour suivre le procès d'un grand criminel. Remontant à Paris à cheval, il fut surpris par l'orage et trouva refuge dans l'auberge où travaillait Émilie. Il tomba immédiatement amoureux de la jeune servante et parvint à toucher son cœur. Ils passèrent la dernière nuit ensemble. Ce furent les plus beaux instants de la vie d'Émilie.

Obligé de quitter la région le lendemain, Jean lui laissa son adresse et lui remit sa chevalière en or, ornée de ses initiales. Il promit de redescendre la voir quelques mois plus tard. Émilie s'aperçut rapidement qu'elle était enceinte. Son cousin refusa de la garder et lui proposa de retourner chez ses parents. Cette idée oppressa la jeune femme qui savait qu'elle ne pouvait revenir chez elle portant un enfant. Elle confia son désarroi à l'abbé Garance, le vieux prêtre du village, qui avait pris en pitié cette fille simple et droite. Il eut l'idée de la confier aux bons soins d'un jeune confrère, l'abbé Lucien Sève, qui venait d'être nommé curé d'une petite paroisse distante d'une vingtaine de lieues, où personne ne connaîtrait son passé. Afin de lui éviter de subir l'opprobre des villageois, le curé présenta Émilie comme une jeune veuve enceinte de quelques mois, recommandée par sa propre mère. Il la plaça chez Marcel et Rose Fougasse, un couple qui n'avait pas eu d'enfants, chez qui elle accoucha. Émilie travaillait dur à la ferme et aux champs, mais elle appréciait les Fougasse qui la logeaient dans une masure attenante à la ferme, la nourrissaient et lui donnaient quelques sous de salaire, qu'elle gardait précautionneusement en prévision des études de son fils. D'un tempérament énergique et optimiste, elle appréciait son sort et fredonnait des chansons du matin au soir, pour le plus grand plaisir de Pierre.

Jamais elle n'oublia Jean Rivière. Au début de sa grossesse, elle avait écrit une lettre à son amant avec l'aide de l'abbé Garance. Elle n'osa cependant l'envoyer, de peur de l'importuner avec ce bébé ou de compromettre sa carrière et prit finalement la décision de ne jamais le revoir. Elle avait gardé précieusement la chevalière, qu'elle cacha avec la lettre derrière une pierre du mur de la masure. Il lui arrivait parfois, lorsqu'elle était sûre de ne pas être dérangée, de desceller la pierre, de prendre la bague et de la serrer contre son cœur. Pendant le restant de la journée, ses yeux irradiaient une lumière particulière.

Vers l'âge de sept ans, Pierre avait surpris sa mère dans son rituel secret sans qu'elle s'en aperçût. N'osant l'interroger, il avait descellé la pierre et découvert la lettre cachetée ainsi que la bague en or. Fasciné par la beauté du bijou, mais plus encore par l'étrange félicité qu'il semblait apporter à sa mère, il prêta à l'objet des vertus magiques. Il lui arrivait souvent de venir le contempler en cachette. Il était également intrigué par les deux initiales — J.R. — qui ornaient la chevalière et se demandait quel personnage mystérieux elles dissimulaient. Il inventa des centaines de noms et imagina la vie extraordinaire de ceux qui les portaient. Plus tard, lorsqu'il sut lire, il comprit, en déchiffrant l'adresse écrite sur l'enveloppe, qu'il s'agissait de Jean Rivière. Qui était cet homme dont sa mère gardait la bague comme un trésor et à qui elle n'avait jamais envoyé cette lettre ? Était-ce son père, dont elle affirmait qu'il était mort et dont jamais elle ne disait mot ? Bien qu'il brûlât souvent d'interroger Émilie, il sut dans son cœur que sa mère avait besoin de garder ce secret.

Refusant de parler à quiconque du père de Pierre, Émilie n'avait jamais été bien acceptée par la plupart des villageois. Hormis le curé, qui avait vite su apprécier cette pieuse paroissienne, presque tous redoutaient cette femme, arrivée d'on ne savait où, enceinte d'un enfant au père énigmatique. Les femmes craignaient pour leurs maris et les maris savaient qu'ils n'obtiendraient jamais rien d'elle. Elle fut donc la proie des sarcasmes et des mesquineries.

Ce matin d'août, Émilie se leva dès l'aube comme à son habitude et alla traire les chèvres. Elle sentit un léger tremblement agiter ses mains et s'exaspéra de ne pouvoir le contrôler. Puis elle rendit visite aux fermiers et leur demanda s'ils savaient où Pierre s'était rendu l'avant-veille. Elle questionna également les voisins et alla même jusque dans le village interroger le cafetier et quelques vieilles femmes auxquelles rien n'échappait. Mais personne n'avait vu dans quelle direction Pierre était parti. Elle se rendit à l'église, alluma un cierge et passa le peu de temps libre qu'elle avait à explorer les endroits dangereux aux alentours. En vain. Lorsque le jour commença à tomber, le village entier savait que Pierre avait disparu depuis deux jours et les commentaires allaient bon train sur les raisons supposées de cette absence. Certains, qui avaient remarqué son attirance pour la fille du cafetier, parlèrent d'un chagrin d'amour et d'une fugue possible. D'autres évoquèrent plutôt l'idée d'une fuite liée à son désir de repartir dans sa région d'origine. Mais tous, au fond d'eux, étaient convaincus qu'il aimait trop sa mère pour s'enfuir et qu'il était sûrement arrivé un accident au jeune homme.

C'est alors qu'une petite fille qui vivait dans une maison voisine de la ferme des Fougasse vint trouver Émilie. Elle lui fit un signe de la tête et l'entraîna sur le chemin qui conduisait au champ des roches. Émilie comprit qu'il s'agissait du sentier emprunté par Pierre le soir de sa disparition. Elle se précipita chez le curé pour lui demander son aide. L'abbé Sève s'apprêtait à avaler une odorante potée et il fut fort contrarié par la visite d'Émilie Morin. Il surmonta sa mauvaise humeur et réquisitionna Victor Roucas, le propriétaire de la vigne abandonnée — un fermier rugueux qui vint à contrecœur —, et Isidore Lambert, un ancien gendarme.

Équipés d'une torche, d'un flacon de gnôle, d'une gourde et de quelques provisions, Émilie et les trois hommes suivirent la fillette, toujours silencieuse.

La petite fille avait été recueillie par ses grands-parents à l'âge de dix-huit mois, après le décès accidentel de ses parents dans l'incendie de leur maison. Elle semblait n'avoir conservé aucun souvenir de cet accident, dont elle échappa par miracle. Petite, elle montrait des signes d'une grande intelligence. Une chose pourtant exaspérait sa grand-mère, une femme dure et autoritaire : son attachement indéfectible à un mouton qu'elle avait vu naître. Elle venait d'avoir cinq ans et passait ses journées avec l'animal, lequel était aussi devenu le compagnon de jeu favori du chien de la maison, un énorme bas-rouge. La fillette riait de bonheur à voir le chien et le mouton se courir l'un après l'autre dans le jardin potager. Ce jeu, si drôle pour l'enfant, faisait enrager la grand-mère, qui trouvait régulièrement ses rangées de tomates ou de salades dévastées par les deux compères. Devant les hurlements de sa petite-fille qui refusait qu'on se séparât du mouton, le grand-père attacha l'animal à un pieu solidement enfoncé dans le sol. Le mouton sombra alors dans une sorte de dépression, entraînant dans sa mélancolie son compagnon de jeux. Mais pour la plus grande joie de la fillette, le chien réussit bientôt à arracher le pieu et ils reprirent leurs courses frénétiques dans le jardin potager.

À cause du pieu qui virevoltait au bout de la corde tel un redoutable fléau, les dégâts furent considérables. La grand-mère entra dans une rage folle. Le chien fut battu et attaché. Quant au mouton, il disparut. La fillette n'osait demander à ses grands-parents ce qu'il était devenu. Au bout d'une semaine, n'y tenant plus, elle prit son courage à deux mains au cours du repas dominical : « Grand-mère, je l'aimais bien, moi, le mouton. » La vieille femme désigna du regard la casserole de ragoût et répondit sèchement à sa petite-fille : « Eh bien, reprends-en ! »

Il fallut quelques instants à la fillette pour qu'elle réalise l'horrible réalité. Sa douleur fut telle qu'elle poussa un cri terrible, qui n'en finissait pas, se précipita pour vomir dans le jardin, puis décida de ne plus jamais prononcer une parole. C'est pourquoi on l'appela dorénavant « la muette ».

Elle avait aujourd'hui une dizaine d'années et, à force de l'appeler ainsi, on avait presque fini par oublier son véritable prénom. La petite n'alla jamais à l'école. Ses grands-parents n'osèrent pas avouer ce qui s'était véritablement passé. Ils expliquèrent son soudain mutisme par un prétendu début d'incendie de cheminée qui avait dû rappeler à la fillette le décès tragique de ses parents.

Elle passa dès lors le plus clair de son temps dehors, gardant les quelques chèvres que possédaient ses grands-parents. La sauvageonne fuyait toute présence humaine, à l'exception de celle de Pierre qu'elle accompagnait souvent dans ses promenades. Elle en était arrivée, à cause de la cruauté des hommes, à préférer la compagnie des bêtes à celle de ses semblables. Elle se tenait à une certaine distance du jeune homme et ne répondait jamais à ses questions. Pierre s'était peu à peu habitué à cette étrange société. Ils restaient souvent assis ou allongés dans l'herbe, à quelques mètres l'un de l'autre, partageant la même joie à écouter la vie sauvage et à s'y couler.

Tandis que le soleil disparaissait à l'horizon, la petite troupe parvint péniblement au bout du sentier. La muette indiqua du doigt l'endroit où reposait Pierre, puis partit en courant. Victor Roucas fut le premier à apercevoir la silhouette du jeune homme, affalé en bas du champ contre un saule pleureur. Tous se précipitèrent vers la forme inerte qui gisait au pied de l'arbre. Arrivée la première, Émilie ressentit un immense soulagement en constatant que son fils était vivant. Il respirait et avait les yeux grands ouverts, mais ne soufflait mot. Du sang séché et une énorme bosse ornaient son front crasseux. Ses mains étaient tout égratignées. Isidore Lambert nettoya ses blessures à l'aide d'un linge imbibé de gnôle. Pierre se restaura et esquissa quelques mots : « Ce n'est rien... j'ai buté sur une mauvaise souche en bas du champ... j'ai perdu connaissance... quand je suis revenu à moi, j'étais trop faible pour retourner au village. »

Émilie fut la seule à remarquer qu'il avait dans le regard quelque chose de nouveau, d'indéchiffrable, une lumière impalpable qui lui rappelait ce bonheur intérieur qu'elle-même ressentait lorsqu'elle allait visiter son secret. Elle sut que Pierre taisait l'essentiel, mais elle resta silencieuse.

3

— Tu n'as pas pris froid en restant deux nuits dehors ? lui demanda Émilie dès qu'ils se furent retrouvés seuls dans l'unique pièce à vivre de la masure où ils demeuraient.

— Non, je me sens très bien, répondit-il d'un air qui se voulait rassurant et qui visait à éviter toute question supplémentaire.

Émilie laissa passer quelques minutes, caressant doucement le front meurtri de son fils, puis lâcha :

— Pierre, dis-moi ce qui s'est passé au champ des roches.

Le jeune homme fut surpris du ton autoritaire de sa mère. Il hésita quelques instants, puis répondit d'une voix qui dissimulait mal son agacement :

— Rien d'autre que je ne t'aie déjà raconté. J'ai buté sur...

— Pierre, je ne t'ai jamais vu comme ça, l'interrompit fermement Émilie. Que s'est-il vraiment passé ?

Le visage de Pierre changea et un voile de

tristesse glissa sur ses yeux. De toute sa vie, jamais il n'avait menti à sa mère. Un lourd silence s'installa dans la pièce. Pierre finit par murmurer :

— Ne me demande rien, maman. Il est arrivé quelque chose de merveilleux. Mais j'aimerais le garder pour moi.

Émilie sourit et acquiesça d'un hochement de tête. Elle-même portait depuis si longtemps un secret qu'elle n'avait jamais voulu partager avec Pierre de peur qu'il ne parte à la recherche de son père. Elle se leva et alla préparer une soupe. Elle imagina mille histoires incroyables.

Dès le lendemain matin, la nouvelle de la découverte de Pierre Morin et de son accident alimentait toutes les conversations. Victor Roucas répandait partout en maugréant que le fils de « la veuve » (c'est ainsi qu'on avait toujours appelé Émilie) avait des blessures très légères et aurait sans doute pu rentrer seul au village. Il s'énervait surtout d'avoir été malgré lui mêlé à cette histoire, qui, même si elle avait bien fini, était cependant « une histoire ». Il ne comprenait pas ce que Pierre, cet « étranger » qu'il n'aimait guère, comme tout étranger, était allé faire dans son champ.

À l'heure de midi, comme à l'accoutumée, les quelques notables du village étaient réunis sur la petite place pour prendre l'apéritif chez Firmin Jouan, le père de Pauline. La conversation portait sur la curieuse aventure du fils

Morin au champ des roches. Honoré Fontin, le maire, interrogeait avec minutie Isidore Lambert, l'adjudant à la retraite qui avait soigné Pierre. Le gendarme s'étonnait lui aussi que le jeune homme, qui était robuste et courageux, n'ait pas trouvé la force de rejoindre le village. « S'il est resté là-bas, c'est qu'il avait une bonne raison », commenta Paul Austan, l'air pensif.

L'instituteur était celui qui connaissait le mieux Pierre Morin. Il l'avait eu pendant six ans dans sa classe et avait fini par avoir une idée assez précise du jeune homme. Il ressentait même une réelle sympathie pour ce garçon étrange, qui avait risqué sa vie pour un essaim d'abeilles. Aux yeux de l'instituteur, cela traduisait une grande sensibilité et une originalité de caractère, qui tranchaient avec le côté plutôt rugueux et les réactions très convenues des jeunes du village. Il se demandait si Pierre avait développé cette sensibilité particulière par simple penchant naturel ou bien si le mystère autour de ses origines, la situation un peu marginale de sa mère, les jugements dont elle avait toujours été victime n'avaient pas progressivement conduit l'enfant à s'isoler et à rechercher dans la nature, auprès des bêtes notamment, une affection, ou une innocence, qu'il ne trouvait pas chez ses semblables.

Paul Austan, lui-même, ne se sentait pas vraiment à sa place dans ce village. Jadis, il avait rêvé de devenir professeur de philosophie. Ses parents n'ayant pas les moyens de lui financer d'aussi longues études, il était devenu instituteur et avait été affecté dans cet endroit perdu. Il espérait pouvoir rejoindre la ville rapidement. Mais le temps passait et, bien qu'il demandât chaque année sa mutation, il n'avait pas bougé depuis quinze ans. Paul Austan en avait pris son parti et avait fini par épouser la sœur cadette du maire, à qui il avait fait trois enfants.

L'instituteur observait avec une certaine curiosité, mêlée d'appréhension, l'évolution du village. Depuis qu'il avait épousé une femme issue de la petite bourgeoisie de la ville voisine, son beau-frère, Honoré Fontin, avait honte de sa vie simple de paysan et s'était mis dans la tête de développer ses affaires. Grâce à un prêt bancaire, il avait réussi à tripler sa productivité en acquérant de puissantes bêtes de trait et des charrues modernes. Une fois la banque remboursée, il avait racheté de nouvelles terres et embauché davantage de main-d'œuvre saisonnière. En l'espace d'une dizaine d'années, il était devenu l'homme le plus riche et le plus puissant du village. Mais cette situation créait de nombreuses tensions et jalousies. Firmin Jouan, le cafetier, rêvait lui aussi de développer son commerce en attirant des voyageurs de passage et s'était fortement endetté pour restaurer et agrandir son café. Il ne dormait plus la nuit et était devenu fort irritable. Il en allait de même d'Honoré, tant accaparé par ses comptes et ses activités qu'il ne prenait plus le temps, comme auparavant, de goûter le bonheur de vivre. La seule distraction qu'il s'accordait encore était le moment sacré de l'apéritif, mais c'était aussi un moyen de maintenir le contact avec ses administrés et d'assurer ainsi son pouvoir de maire.

L'instituteur avait également pu constater, lorsqu'il se rendait à la ville, que ce comportement tendait à se généraliser. Il craignait que l'homme n'en vienne progressivement à ne plus savoir savourer les plaisirs humbles et profonds de l'existence pour devenir un perpétuel insatisfait, toujours en quête de nouvelles possessions.

En ce sens, Pierre Morin l'intéressait au plus haut point. Il lui semblait en effet constituer un remarquable exemple d'individu préférant spontanément, et au plus haut point, la dimension de l'être par rapport à celle de l'avoir. Le jeune homme vivait dans une sorte de fluidité naturelle et n'avait d'autre ambition que de posséder le strict nécessaire pour vivre. Il savait jouir de petites choses et semblait n'attacher aucune valeur, en soi, à l'argent. Il aimait la solitude et son bonheur ne paraissait dépendre d'aucun bien extérieur.

4

— Et quelle bonne raison l'aurait motivé à demeurer deux jours et deux nuits dans cette vigne abandonnée ? reprit le maire, coupant court aux pensées de l'instituteur.

— J'imagine qu'il a découvert là-bas quelque chose qui l'a touché et qui lui a donné envie de rester.

— Mais ses blessures au visage et aux mains ? reprit le maire interloqué.

— Je ne dis pas qu'il n'ait pas fait une mauvaise chute, corrigea l'instituteur. Je dis simplement qu'il a été saisi par la beauté du lieu ou bien témoin de quelque événement qui l'aura intrigué. L'apparition d'un bel oiseau de proie qui aura fait son nid dans un arbre environnant, ou je ne sais quoi encore qui le fascine habituellement et qui peut capter son attention pendant des heures.

— Rester sans manger pendant quarante-huit heures pour regarder une buse nourrir ses petits ! Je trouve ça un peu court comme explication, même pour ce rêveur de Pierre, reprit le maire avec ironie.

— Et que suggérez-vous ? lui lança l'instituteur, l'œil malicieux.

— Rien. Je ne comprends pas. Je pense qu'il y a une explication à cet incident et que le fils Morin nous ment.

— Peut-être a-t-il découvert quelque chose d'une valeur, disons plus matérielle, et qu'il voudrait cacher, reprit le cafetier d'un ton hésitant.

L'instituteur éclata de rire.

— Firmin, votre imagination vous fait perdre la raison. Vous savez bien que Pierre Morin n'attache aucune importance à l'argent. Souvenez-vous de la veuve Verdeuil !

Paul Austan faisait allusion à un événement survenu lorsque Pierre était adolescent et qui était resté gravé dans toutes les mémoires. Au retour de l'une de ses escapades solitaires, il avait trouvé sur la route une bourse contenant cinq louis d'or, ce qui représentait une somme considérable. Fasciné par la beauté des pièces qui lui rappelaient la bague magique de sa mère, il avait gardé secrètement la bourse pendant plusieurs jours. Puis, il s'était décidé à s'en séparer et s'était rendu auprès des notables qui prenaient l'apéritif au café. Il leur avait remis la bourse et son contenu. Ils furent édifiés d'une telle honnêteté et Pierre reçut publiquement les félicitations du maire, un républicain fervent, qui improvisa un petit discours sur les vertus du bon citoyen. En applaudissant chaleureusement le laïus du maire, toutes les personnes présentes pensèrent que l'adolescent avait été bien stupide de rendre cet argent tombé du ciel. D'autant plus qu'on apprit le soir même qu'une bourse avait été perdue par Madame Verdeuil, une riche veuve parisienne qui venait passer l'été avec sa gouvernante dans une grande bastide à une lieue du village. Elle vint récupérer son bien à la mairie en présence de Pierre et de tous les notables. Elle prit sa bourse sans mot dire et, se retournant vers Pierre, lui demanda s'il souhaitait une récompense. Comme le garçon secouait la tête en signe de refus, elle eut l'air surprise, le regarda fixement dans les yeux et lui demanda son nom. Après un bref silence, elle lui dit « merci » et tourna les talons. Le dimanche suivant, l'abbé Sève, qui ne voulait pas être en reste vis-à-vis du maire, fit allusion à l'incident et déclama un sermon laudatif sur les vertus du bon chrétien. Pour l'instituteur, cependant, qui voyait ainsi se confirmer son idée selon laquelle le goût de l'argent était étranger à Pierre, son action ne relevait ni de la morale laïque ni de la religion, mais jaillissait de la spontanéité de son cœur droit.

— Vous avez raison, Paul, reprit le maire après réflexion. Mais je ne trouve pas d'explication à son attitude.

Les notables virent alors débouler le jeune homme sur la petite place du village et ils changèrent de conversation.

Après une bonne nuit de repos, Pierre s'était

levé d'excellente humeur. Il s'était assis sur la poutre devant la masure et avait goûté le soleil, déjà haut dans le ciel, en étirant son corps fourbu. Sa bosse avait désenflé et les cicatrices de ses mains ne lui faisaient plus mal. Tout en mastiquant lentement son déjeuner, il avait repassé dans sa tête le film des événements des jours précédents et pris en son for intérieur la décision de retourner au champ des roches le soir même. Il restait un peu de lait et de fromage, mais il lui fallait acheter un pain. La plupart des villageois faisaient eux-mêmes leur pain. Ceux qui n'avaient pas de four allaient l'acheter au café du village, qui servait en même temps de petit commerce. À cette pensée, le visage de la fille du cafetier lui était soudain revenu à l'esprit.

Ce qui s'était passé la nuit du 7 août l'avait tellement bouleversé qu'il avait oublié de chercher un cadeau à déposer ce samedi soir à la fenêtre de Pauline. Il s'était rendu au café en songeant à ce qu'il pourrait lui offrir et avait mis un temps considérable pour rejoindre l'endroit, car chaque passant l'avait interpellé sur son aventure des jours derniers. Après avoir raconté son histoire plus d'une vingtaine de fois, de manière un peu expéditive et confuse il est vrai, il arriva enfin au commerce de Firmin Jouan.

Il salua d'un hochement de tête les notables attablés sous l'ombre des tilleuls et s'arrêta, le cœur battant, devant l'entrée du café. Il acheta une belle miche de pain et apprit par la bouche de la mère Jouan que sa fille était sortie. Il fut à la fois déçu et soulagé. Mais, alors qu'il ressortait du commerce, il tomba nez à nez sur Pauline. « Bonjour, Pierre », lui dit la jeune fille d'un ton guilleret. Ses genoux furent pris d'un tremblement convulsif. Il piqua un fard et balbutia : « Je suis heureux de te voir. » Puis il resta muet, dévisageant la fille du cafetier, les yeux grands ouverts. Après quelques instants de silence, Pauline éclata de rire, serra doucement sa main égratignée entre ses deux paumes et lui lança en s'avançant dans la boutique : « Je suis contente que tu ne te sois pas blessé gravement. Viens me voir plus souvent. » Pierre resta interdit encore quelques secondes, hésitant à se précipiter derrière elle pour lui proposer un rendezvous, puis remonta finalement, le cœur battant, à la ferme des Fougasse.

Ses émotions étaient si confuses qu'il ne savait pas s'il était fou de joie parce que Pauline l'avait autorisé à venir la voir, ou fou de désespoir d'avoir été incapable de lui parler davantage. Il réalisa à quel point il avait peur d'être rejeté par la jeune fille. Cette pensée l'attrista. Qu'avait-il à craindre ? Après tout, elle était libre d'aimer qui elle voulait et il lui faudrait accepter les sentiments de Pauline, quels qu'ils soient. Il passa le reste de la journée à confectionner un étonnant chapeau, en liant des tiges d'osier à des fleurs séchées. À la nuit tombante, il alla le déposer à la fenêtre de la fille du cafetier. Puis il prit ses provisions et annonça à sa mère qu'il irait dorénavant passer ses nuits au champ des roches. Émilie ne lui posa aucune question.

Pierre se rendit quatre nuits de suite à la vigne abandonnée. Lorsqu'il revenait, au petit matin, il semblait si joyeux que les vieilles femmes du village qui le voyaient passer se demandaient ce qui avait pu encore lui arriver d'extraordinaire. « À moins qu'il n'ait définitivement perdu la tête », commenta l'une d'elles en replongeant le nez dans son tricot. Émilie fut également frappée par le regard habité de son fils. Mais elle savait qu'il était trop tôt pour qu'il ait envie de partager son secret.

Comme le battage du blé allait bientôt commencer, il passait ses après-midi à la ferme pour réparer les fléaux et travaillait le matin aux champs avec la même bonne humeur. Le soir, il dînait avec sa mère puis repartait pour la vigne abandonnée.

Le cinquième jour, il était comme d'habitude aux champs avec sa mère, les fermiers et deux saisonniers italiens. Dans le pré d'à côté il aperçut François, le fils du cantonnier, qui aidait ses parents à la fauche. Ils se connaissaient peu, car François était parti en ville depuis de nombreuses années. En fin de matinée, alors qu'il s'apprêtait à redescendre, Pierre vit François s'approcher, sa longue faux sur l'épaule.

— Eh, Pierre, on retourne ensemble au village ! lui lança le jeune homme qui transpirait à grosses gouttes.

— Pourquoi pas, répondit Pierre, surpris de cette invitation et mal à l'aise à l'idée d'avoir à causer.

Après quelques paroles banales, François aborda la question qui le taraudait.

— Dis-moi, l'ami, il y a deux semaines, alors que je traversais un peu tard la place, j'ai aperçu une ombre derrière la maison du père Jouan. Je me dis : Tiens, qui rôde à une heure pareille chez le cafetier ? Je vais derrière le café et je te vois en haut de l'arbre. Après ton départ, je grimpe à mon tour sur le tilleul et je découvre un bouquet de fleurs posé sur le rebord de la fenêtre de sa fille. Tu as bon goût, c'est vrai qu'elle est jolie la Pauline...

À ces mots, Pierre se tendit et, d'un ton vif, lança au jeune homme :

— Qu'as-tu fait du bouquet ?

— Ne t'inquiète pas, l'ami. Je l'ai remis à sa place et je suis parti me coucher.

— Pourquoi me racontes-tu cela ?

— Eh bien... parce que, peu de temps après, Pauline m'a donné un rendez-vous au vieux moulin et m'a parlé des cadeaux.

— Que t'a-t-elle dit ? reprit Pierre de plus en plus inquiet.

— Elle m'a avoué qu'elle m'aimait depuis longtemps et voulait connaître mes sentiments à son égard.

— Ah..., murmura Pierre, abasourdi.

— En fait, je ne la connais pas vraiment, mais c'est qu'elle a des arguments pour plaire, la Pauline, reprit François dans un grand éclat de rire qui figea d'effroi le cœur de Pierre. Bref, je suis sorti avec elle, mais en cachette, car tu connais son père ! Après, elle m'a dit comme ça, spontanément, qu'elle avait été touchée par les cadeaux que je déposais à sa fenêtre chaque samedi soir. Je ne suis pas très fier de moi. Je n'ai pas eu la force de lui dire que c'était un autre. Cela l'aurait terriblement déçue, tu comprends ?

Comme Pierre restait muet, François laissa passer un silence puis ajouta :

— Tu sais, je ne l'aime pas, la Pauline. J'ai pris du bon temps, c'est tout. Je repars demain en ville et je vais lui dire toute la vérité. Comme ça elle t'aimera toi.

À ces mots, Pierre se redressa brusquement. Il regarda François droit dans les yeux.

— Tu es encore plus vil que je ne croyais. Ne lui dis rien, malheureux ! Tu ne ferais que la désespérer d'avoir été jouée.

François voulut répondre, mais Pierre ne lui en laissa pas le temps. Il cracha par terre et tourna les talons.

Malgré tout François avoua la vérité à Pauline. La fille du cafetier ne voulut rien entendre. Elle ne pouvait admettre que Pierre fût l'auteur des présents. Elle était persuadée que son ami lui disait « toutes ces bêtises » pour qu'elle l'oublie et ne souffre pas de sa longue absence. Mais elle n'était pas du tout décidée à l'oublier. Bien au contraire, elle l'attendrait avec patience jusqu'à ce qu'il revienne pour Noël. Alors François coucha avec elle une dernière fois et repartit pour la ville.

5

Dans un effort extrême, Pierre domina son désarroi et courut jusqu'au sommet du champ des roches. Parvenu au pied du grand chêne, il s'appuya contre son vieil ami et l'enserra de toutes ses forces. La pression contenue se transforma en un torrent de larmes, qui n'en finissait pas de se déverser. Puis il s'agenouilla au pied de l'arbre et se recroquevilla. Il resta ainsi jusqu'à la nuit tombante. Emportées par le vent, des feuilles du vieux chêne venaient parfois caresser son visage comme pour sécher ses pleurs. Cachée derrière un bosquet, la muette observait la scène, fixant Pierre de son regard aigu. Un voile de tristesse, semblable à de la compassion, recouvrait ses grands yeux vert-jaune. Elle aurait tant voulu consoler le seul être qu'elle aimait.

Pierre resta toute la nuit au champ des roches. Il médita longuement les paroles de François. Au-delà de la révolte qu'il ressentait contre l'attitude du jeune homme, il savait maintenant à quoi s'en tenir sur les sentiments de Pauline : elle ne l'aimait pas ; elle ne l'avait sans doute jamais aimé. Le rêve dans lequel il avait vécu depuis des années s'était soudain évaporé, tel un fantôme. Tandis que tout un monde s'effondrait, il repensa à ce qu'il avait découvert ici même dans la nuit du 7 août. Une étincelle de joie jaillit au fond de ses yeux humides.

Le lendemain matin, il rentra à la ferme et évita de croiser le regard inquiet d'Émilie, qui avait immédiatement ressenti sa tristesse. Elle percevait en même temps l'étonnante lueur qui continuait d'éclairer le regard de son fils et se demandait ce qui pouvait lui causer autant d'émotions contradictoires. Elle respecta son silence et se contenta d'envelopper tendrement la tête de Pierre entre ses bras, avant qu'il ne quitte la table du déjeuner pour se rendre au travail.

Plusieurs jours passèrent selon le même rythme. La blessure restait vive dans le cœur de Pierre, mais ses visites au champ des roches lui apportaient un tel réconfort qu'Émilie fut vite rassurée. Un soir, tandis qu'il s'engageait sur le petit sentier, il croisa Victor Roucas. Le propriétaire de la vigne n'appréciait guère le petit manège du fils de la veuve et avait décidé d'y mettre fin. Il interpella vivement le jeune homme :

— Ho, l'ami, où vas-tu d'un si bon pas à cette heure tardive ?

— Je profite du bon temps pour dormir dehors, répondit Pierre d'un ton hésitant.

— Tu vas dormir où ça te chante, mais pas dans mon champ, reprit rudement le paysan.

— Votre vigne est à l'abandon depuis long-temps...

— Ça n'a rien à voir. J'aime pas qu'on traîne dans mon champ sans raison.

— J'aime bien l'endroit, reprit Pierre après un temps de silence.

— Il y a plein d'endroits où tu peux aller rêvasser, lança Victor en faisant demi-tour, mais pas dans mon champ. Tu as compris, je ne veux plus jamais t'y voir rôder la nuit.

Le ton était sans appel. Pierre était boule-versé, mais il se résigna. Il emboîta le pas au paysan et rentra à la ferme. Il raconta l'altercation à sa mère. Émilie n'avait jamais vu son fils aussi triste et soucieux. Sans qu'elle en comprît la raison, elle sut que Pierre était attaché à cette vigne plus qu'à tout.

Cette nuit-là, elle ne put trouver le sommeil. Bien que Pierre se refusât à partager son secret, elle aurait voulu trouver une solution qui l'aide à recouvrer la paix. Soudain, elle eut une idée : puisque son fils semblait tant tenir à ce champ et puisque son propriétaire refusait qu'il s'y rende, pourquoi ne pas l'acquérir ? La vieille vigne n'avait pas une grande valeur et Émilie avait assez économisé pour l'offrir à son fils. Pierre ayant renoncé à partir étudier en ville, elle se dit que cet argent pouvait servir à lui offrir un lopin de terre. Ce n'était pas un choix très rationnel, ni un investissement rentable, mais puisqu'il aimait tant ce champ, cela constituait une raison suffisante pour l'acheter.

Le matin, tandis que Pierre avalait une soupe des restes de la veille, elle lui apporta un mouchoir dans lequel reposaient dix pièces d'or.

— Tiens, dit-elle, c'est tout l'argent que j'avais économisé pour te payer des études. Je sais maintenant que tu n'iras jamais en ville. Cet argent est à toi. Fais-en ce qui te semble bon.

Pierre regarda sa mère avec stupeur. Il resta longtemps silencieux, entièrement absorbé dans ses pensées. Puis il se leva et, sans mot dire, serra sa mère dans ses bras. Émilie ne put retenir ses larmes. Elle sentait que son fils s'engageait sur une voie qu'elle devinait étrange et dangereuse, sur laquelle elle n'aurait aucune prise. Mais elle savait aussi que rien ni personne ne l'empêcherait de s'y risquer, car c'était sans doute celle que le destin avait choisie pour lui.

Une heure plus tard, Pierre frappait à la porte de la ferme de Victor Roucas. Sa femme, Léontine, regarda par le carreau. L'homme entrebâilla la porte et, fixant le jeune homme droit dans les yeux, lui dit avant même qu'il n'eût ouvert la bouche :

— Si tu comptes me faire changer d'avis, tu perds ton temps, mon garçon.

Pierre se ressaisit :

— J'ai une proposition à vous faire.

— Quelle proposition ? grommela le paysan qui sentait la colère monter en lui.

— Une proposition financière, répondit Pierre avec assurance. Une sérieuse, ajouta-t-il précipitamment, sentant que l'homme s'apprêtait à lui claquer la porte au nez.

— Laisse-le rentrer, lâcha Léontine, qui n'avait pas perdu une bribe de la conversation.

Le paysan hésita, puis ouvrit à contre-cœur. Pierre pénétra dans la pièce. Léontine lui proposa de s'asseoir et lui offrit un verre de liqueur de prune qu'il accepta avec plaisir. Pierre savait que la négociation serait difficile. Il s'était ouvert de son projet au vieux Fougasse. Ce dernier avait évalué le prix du champ abandonné à sept louis d'or tout au plus. Cependant, il avait aussitôt ajouté, en se grattant la tête d'un air dubitatif :

— Mais si le fils Roucas est comme le père, ça m'étonnerait qu'il vende.

Pierre expliqua à Victor son désir d'acheter le champ des roches.

— Pourquoi ? répondit le paysan.

— C'est pas pour reprendre les vignes ou planter autre chose. C'est juste parce que j'aime bien l'endroit. Comme vous ne voulez pas que j'y aille, je suis prêt à vous l'acheter.

— Et avec quel argent ? reprit l'homme d'un ton bourru.

Pierre s'était préparé à ce moment crucial de la tractation. Il sortit lentement le mouchoir de sa poche. Léontine poussa les enfants au bout de la pièce et se rapprocha des deux hommes. Le couple contemplait l'étoffe de tissu bleu posée au beau milieu de la table. Pierre défit le nœud et sept pièces d'or scintillèrent dans la lumière douce du matin. Il brisa le lourd silence qui s'était installé.

— C'est assez pour le champ, je pense.

— Ma vigne n'est pas à vendre, répondit simplement le paysan.

— Mais...

— Y a pas de « mais » ! Je t'ai dit que je veux plus que tu rôdes chez moi et que mon champ n'est pas à vendre.

Pierre comprit qu'il n'obtiendrait rien ce jour-là. Il remballa ses pièces sous l'œil hagard de Léontine, salua le couple qui restait muet et rentra chez lui. Il avait imaginé un premier refus, par principe, et avait déjà prévu de revenir un peu plus tard avec une huitième pièce.

6

Malgré le conseil de Marcel Fougasse qui lui avait suggéré d'attendre plusieurs semaines pour renouveler son offre, Pierre ne supportait pas de ne plus pouvoir se rendre à la vieille vigne et retourna chez les Roucas trois fois dans la même semaine. La scène se reproduisit à l'identique, si ce n'est qu'il ajoutait chaque fois une pièce d'or. Lorsqu'il eut essuyé un nouveau refus à la dixième pièce, il dit à Victor d'un ton dépité :

— C'était la dernière. Il m'est impossible de vous faire une meilleure proposition.

— De toute façon mon champ n'est pas à vendre, répondit une fois encore le paysan.

Pierre eut une nouvelle idée.

— Et si vous me le louiez à l'année ?

— Pas plus, répondit l'homme. Chez les Roucas on vend pas et on loue pas.

Pierre repartit, totalement abattu. Il n'avait plus d'argent et savait que deux ou trois pièces de plus ne changeraient rien à l'affaire. Il espérait seulement que Roucas céderait avec le temps.

Dès qu'il eut franchi le pas de la porte, Léontine interpella son mari :

— Et pourquoi tu la cèdes pas, cette vieille vigne qui sert plus à rien ? On n'aura jamais une autre offre aussi avantageuse.

— La terre ça sert toujours, répondit sèchement Victor.

— Et pourquoi pas la louer un bon prix ?

— Parce que si je loue, il sera plus acheteur, reprit l'homme prenant son air le plus fin.

— Tu viens de dire que tu ne vendras jamais !

— Je voudrais bien savoir jusqu'où il est prêt à aller, cet étranger de malheur, pour avoir ce champ. Parce que j'aime pas vendre sans savoir pourquoi on veut acheter mon bien.

Léontine ne comprit pas la subtilité du raisonnement de son mari. Elle retourna à la cuisine et poussa un profond soupir en pensant aux pièces d'or qu'ils avaient laissées filer.

Par les indiscrétions de Léontine et de ses enfants, la nouvelle de la tentative d'acquisition du champ fut rapidement connue de tous. Les moqueries fusaient et les villageois voyaient dans ce nouvel épisode rocambolesque la preuve définitive de la folie de Pierre. Non content depuis son enfance de passer son temps libre à flâner seul dans la campagne — pour y faire quoi ? —, non content encore de disparaître mystérieusement pendant plusieurs jours, « le fils de la veuve » en venait maintenant à vouloir dépenser toutes les économies de sa mère pour acheter une vigne abandonnée. Voilà qui confirmait que Pierre était un bien curieux personnage et sans doute plus stupide qu'il n'y paraissait.

Pierre Morin trouva un unique défenseur en la personne du curé. L'abbé Lucien Sève reprochait certes au jeune homme de ne pas être aussi assidu aux offices religieux que sa mère, mais il avait toujours ressenti une vraie sympathie pour ce singulier garçon. Il appréciait sa simplicité presque naïve et pensait à la parole du Christ : « Heureux les cœurs purs... »

Contrairement à bon nombre de ses confrères, l'abbé Sève était doté d'un authentique sens spirituel. Au séminaire, il avait lu avec passion les œuvres des grands mystiques catholiques. Mais ne se sentant pas assez digne d'accéder lui-même à de tels états, il rêvait de devenir le confesseur de quelque âme ardente. Il demeurait dans ce village depuis plus de vingt ans et n'avait jamais rencontré parmi ses paroissiens de tels élans. Ayant vite repéré la singularité de Pierre, il avait tenté de lui faire lire des vies de saints. Mais le garçon avait toujours préféré la compagnie des bêtes aux ouvrages pieux et l'abbé avait renoncé à éduquer cette belle âme. Il se contentait d'assurer du mieux qu'il pouvait sa charge de curé de paroisse et profitait de chaque fête ou enterrement qui réunissait tout le village pour inculquer quelques bonnes paroles aux brebis égarées, à commencer par Honoré Fontin, plus assidu au rituel de l'apéritif qu'à celui de la messe dominicale. Cela n'empêchait point ce dernier d'assister aux offices religieux à certaines occasions, mais en tant que maire et parce que cela faisait partie de la tradition. Malgré ces différends, le maire et le curé parvenaient assez bien à s'entendre, les deux hommes ayant à cœur de favoriser la cohésion et la paix du village.

L'abbé Lucien Sève prit donc la défense de Pierre Morin, expliquant que le jeune homme n'avait certes aucun sens des affaires, mais qu'il n'était pas blâmable de vouloir acheter un bien pour des raisons autres qu'économiques.

— Pierre, affirma-t-il, est un rêveur qui donnerait tout ce qu'il possède pour vivre en un endroit où il est heureux et où personne n'ira le déranger.

Bien qu'il assistât à la conversation et se sentît en accord avec l'abbé, l'instituteur resta silencieux. Il était perplexe. L'attitude du jeune homme semblait démentir ses observations antérieures et sa conviction que le garçon était parfaitement indifférent au fait de posséder quoi que ce soit. Il pouvait certes comprendre le désir du jeune homme de se rendre au champ des roches quand il le voulait, mais que cela le pousse à se porter acquéreur de la vigne abandonnée lui paraissait fort incongru.

7

Les jours suivants, Pierre ne quitta pas la ferme car sa mère tomba malade. Elle toussait et semblait épuisée. Depuis bientôt vingt ans qu'elle vivait ici, Émilie n'avait jamais connu le moindre répit. Chaque matin, elle se levait à cinq heures et demie, faisait le ménage et donnait les soins aux bêtes. À sept heures elle s'occupait de son fils et mangeait avec lui avant qu'il parte à l'école. Ensuite elle s'occupait du jardin potager et de l'arrosage, puis préparait le déjeuner. L'été, elle passait aussi un moment aux champs, tandis que l'hiver était consacré à diverses corvées. Le soir, elle préparait le repas, nourrissait les bêtes et s'activait encore à quelques travaux de couture ou d'aiguille. Elle se couchait vers dix heures, presque toujours éreintée. Même si son fils la soulageait maintenant de bien des tâches, notamment à l'extérieur, elle trouvait toujours d'excellentes raisons de travailler. De santé plutôt précaire, elle avait négligé de se soigner et de se reposer, et son corps était bien plus usé que son âge ne le laissait deviner. Elle avait trente-six ans et, malgré ses traits réguliers, elle paraissait dix de plus. Pierre exigea et obtint que sa mère restât à la ferme. De toute façon, elle était bien trop faible pour s'adonner aux durs travaux des champs.

La fenaison achevée, on commença à battre le blé moissonné quelques semaines auparavant et qui reposait dans les granges. Malgré l'interdiction de Victor Roucas, Pierre ne put s'empêcher de se rendre plusieurs fois en cachette au champ des roches. Par précaution, il partait au milieu de la nuit et rentrait juste après l'aube. Émilie était toujours aussi surprise de constater la joie de son fils lorsqu'il revenait de la vigne abandonnée. Une nuit où elle profitait de son absence pour desceller la pierre et serrer contre son cœur la bague de Jean Rivière, elle se dit que son fils semblait vivre une expérience aussi forte que celle qu'elle avait connue il y a vingt ans avec son unique amant. Émilie se demanda alors si les équipées nocturnes de Pierre ne cachaient pas quelque rendez-vous galant. Mais elle ne voyait pas pourquoi il lui était nécessaire de se rendre en ce lieu éloigné et difficile d'accès.

Un jour, en fin d'après-midi, alors qu'il était parti chercher les bêtes aux pâturages, la muette vint trouver Pierre et lui fit comprendre par de grands signes qu'il lui fallait redescendre d'urgence au village. Elle semblait très excitée. Il eut la surprise de découvrir un petit attroupement devant la ferme des Fougasse. Il remarqua aussi une carriole neuve, tirée par deux chevaux, qui stationnait devant sa maison. Il pensa à un médecin venu de la ville et s'inquiéta vivement pour sa mère.

— Que se passe-t-il ? lança-t-il d'un ton inquiet aux villageois.

— Ta mère t'attend à l'intérieur, avec un notaire, lui répondit le père Fougasse.

— Un notaire ? rétorqua Pierre avec stupeur.

— On ne sait pas pourquoi il est venu, reprit d'un ton dépité Luce Fontin, la femme du maire, présente dans le groupe de badauds.

Pierre secoua la paille de ses vêtements et pénétra dans la pièce. Il vit sa mère assise à la table. Face à elle, un petit homme vêtu de noir buvait tranquillement un verre de liqueur de pêche. Lorsqu'il vit Pierre, il jeta un œil du côté d'Émilie, qui acquiesça d'un signe de tête, puis il se leva et se tourna vers le jeune homme.

— Pierre Morin, je suppose ?

— Oui.

— Séraphin Jousse, troisième clerc de notaire à l'étude de maître Castaing.

— Enchanté, marmonna Pierre un peu gauchement.

— Je viens pour un héritage, répliqua le clerc avec fierté.

Il savait que cette simple formule suscitait toujours un immense intérêt pour sa modeste personne.

— Ah, dit simplement Pierre de plus en plus mal à l'aise. Puis il ajouta : C'est à ma mère que vous devez vous adresser.

— Non, reprit le clerc avec fermeté. Bien que vous soyez encore mineur, c'est vous le bénéficiaire.

— Le quoi... ?

— Le bénéficiaire de l'héritage.

— Quel héritage ?

— L'héritage de Madame Joséphine Verdeuil, reprit le clerc en prenant soin de ménager son effet.

Comme Pierre restait interdit, il l'invita à s'asseoir et commença ses explications :

— Il y a trois semaines, Madame veuve Régis Verdeuil, demeurant au 77, rue de Vaugirard, Paris 6e, est décédée par suite de maladie à l'âge de soixante-trois ans, sans aucun descendant direct ou indirect. Elle a laissé un testament à l'étude de maître Roland Jouhaneau, 56, boulevard Saint-Germain, Paris 7e, dans lequel elle exprimait ses dernières volontés. Le testament a été transmis par maître Jouhaneau à maître Castaing pour les raisons que vous allez bientôt connaître. Tous ses biens parisiens ainsi que ses économies bancaires étaient légués à diverses œuvres religieuses. Mais le dernier paragraphe du testament vous concerne directement, aussi vais-je vous le lire.

L'homme fouilla dans sa serviette et en sortit une montagne de papiers. Il trouva enfin celui qu'il cherchait.

— Ah ! le voilà, dit-il en chaussant ses lorgnons. Madame Verdeuil évoque sa maison de villégiature au lieu-dit du « Clos », sise à une lieue de ce village, et précise à son sujet : « Je lègue cette bastide, les terres qui lui sont attenantes et tous les meubles recensés dans l'inventaire à Monsieur Pierre Morin, qui réside au même village et qui m'a jadis rendu une bourse que j'avais égarée. Contrairement à la plupart de ses semblables, j'ai compris que ce jeune homme était désintéressé. Que la vie, par ma modeste personne, lui redonne donc au centuple ce qu'il a jadis restitué avec la plus parfaite honnêteté et sans rien attendre en retour. Puisse-t-il en faire bon usage. » Voilà. C'est tout, dit le troisième clerc d'une voix grave en ôtant ses lorgnons.

Comme Pierre demeurait silencieux, il promena son regard dans la pièce et ajouta :

— Cela vous changera de cette triste masure.

Émilie fut la première à réagir.

— Vous êtes sûr qu'il n'y a pas erreur et qu'aucun héritier n'est lésé dans cette affaire ?

— Certain. Vous pensez bien qu'on a vérifié. Madame Verdeuil n'a aucune famille et je ne crois pas qu'il existe un autre Pierre Morin dans ce village. Il y a juste un petit problème à régler du fait que votre fils n'est pas encore majeur. Il suffit pour cela que vous receviez l'héritage en son nom et en soyez la propriétaire légale jusqu'à sa majorité.

Puis il se tourna vers Pierre et ajouta d'un ton guilleret :

— Je ne sais pas combien il y avait dans cette bourse, mais on peut dire que vous avez été sacrément bien inspiré de la lui rendre, car vous n'auriez jamais pu vous payer une telle maison ! Je propose d'ailleurs que nous nous rendions sans plus tarder à la bastide pour vérifier l'inventaire.

2

1

La venue du clerc fit le tour du village en moins d'une heure. Que venait faire ce notaire chez Émilie Morin ? Une rumeur circula bientôt, qui emporta la conviction de tous : la veuve avait dû faire un héritage. Sevrés d'informations sur Émilie, les villageois espéraient enfin apprendre quelque chose de concret sur l'origine mystérieuse de cette femme et du père de son enfant. Le clerc de notaire sortit de la maison, bientôt suivi de Pierre. Sans mot dire, ce dernier l'accompagna dans sa carriole et les deux hommes quittèrent le village en direction du Clos. Intrigués par la tournure des événements, les plus hardis pénétrèrent chez Émilie pour l'interroger. Ils apprirent alors l'incroyable héritage.

La carriole arriva à la maison de Madame Verdeuil, une imposante bastide, qu'elle avait achetée avec son mari trente ans plus tôt pour passer les vacances d'été au calme et au soleil. La demeure était entourée d'un grand jardin arboré. Douze hectares de garrigue et de prés, dont certains étaient loués, entouraient la propriété, qui comprenait également une dépendance et une remise. La bâtisse de deux étages était fort joliment meublée et bénéficiait d'une vue admirable sur la vallée. Le clerc nota scrupuleusement chaque meuble et chaque objet sur son inventaire tandis que Pierre, qui ne réalisait pas encore que tout cela lui appartenait, le suivait, l'air hagard, hochant mécaniquement la tête à chaque remarque du notaire sur l'état des lieux ou la valeur des choses. Quand ils eurent fait le tour de la maison, ils se trouvèrent nez à nez avec un groupe d'enfants et de villageois qui s'étaient empressés de se rendre au Clos. Le clerc salua Pierre, qui avait décliné son offre d'être raccompagné en voiture au village. En prenant congé de son hôte, il souffla malicieusement à l'oreille du jeune homme :

— Vous allez susciter bien des jalousies et être le centre de toutes les attentions !

Durant les semaines qui suivirent, le village fut en ébullition. Aux travaux des champs, à midi ou en fin de journée au café, ou le soir dans les maisons, on ne parlait que de l'héritage de Pierre Morin. Quelques-uns portaient crédit aux explications fournies par Madame Verdeuil dans son testament, mais la plupart affirmèrent que le jeune homme avait dû apporter quelque tendre réconfort à la veuve avant qu'elle ne décède. On crut dès lors comprendre l'attitude bizarre de Pierre, qui partait souvent se promener loin du village. Il devait, depuis son veuvage, aller consoler la riche Parisienne, qui passait plusieurs mois par an au Clos. On se dit qu'il était bien plus malin qu'on ne l'avait cru. Cela rassura tous ceux qui ne comprenaient pas la singularité du jeune homme et ses étranges escapades dans la nature. « M'étonnerait pas qu'il y ait aussi une bonne femme derrière ses allées et venues dans mon champ », affirma un soir Victor Roucas à Léontine, en ajustant son bonnet de nuit sur ses larges oreilles poilues.

Si la plupart des villageois médisaient dans son dos, tous lui témoignaient de vives marques d'amitié lorsqu'ils le croisaient : en partie parce qu'ils se sentaient soudain plus proches de Pierre, qui avait su faire preuve d'une grande sagacité pour hériter de la veuve Verdeuil, aussi parce qu'il était devenu en l'espace de vingt-quatre heures l'un des hommes les plus riches du village.

Une fois qu'il eut réalisé ce qui s'était passé, Pierre ne sut pas très bien s'il devait se réjouir de cette magnifique bastide, où sa mère pourrait vivre confortablement, ou s'attrister d'être l'objet de toutes les conversations, ce qui le mettait fort mal à l'aise. Émilie Morin aussi était partagée. Elle caressait avec un certain plaisir l'idée d'aller vivre au Clos, à l'écart des médisances du village, mais cette maison lui semblait trop grande et trop belle pour elle.

Elle s'inquiétait également de son emploi à la ferme. Pierre, qui ne voulait plus que sa mère s'use la santé, trouva une excellente solution : il vendrait des meubles et des bibelots afin de créer une rente permettant à sa mère de ne plus travailler. De toute façon, leurs besoins étaient très limités. Émilie s'occuperait du jardin potager et de quelques poules et lapins qu'ils achèteraient, tandis que Pierre continuerait les travaux saisonniers pour compléter leurs revenus. Il décida ainsi sa mère à quitter la ferme des Fougasse, après dix-neuf ans de bons et loyaux services.

En partant, elle descella la pierre une dernière fois, prit la lettre et la bague et les cacha dans son chemisier. Arrivée au Clos, elle inspecta minutieusement la maison avant de trouver avec soulagement une plinthe vermoulue, derrière laquelle elle déposa son trésor.

2

Pierre fit venir un brocanteur de la ville. Celui-ci effectua trois trajets avec sa carriole débordante de meubles et d'objets de valeur. Il resta suffisamment de meubles pour vivre confortablement. Sur les conseils du clerc de notaire, Pierre se rendit à la banque et remit l'argent en échange d'une pension pour Émilie. Une fois ces détails matériels réglés, ils s'installèrent définitivement au Clos. Pierre avait également acheté un cheval et une petite voiture pour permettre à sa mère de se rendre au village et parfois même de l'accompagner à la ville, distante de six lieues. En l'espace de quelques semaines, Émilie Morin passa d'une vie rude de servante de ferme à une douce existence de rentière. Malgré une certaine appréhension, elle s'adapta vite à cette nouvelle vie. Elle pouvait se lever plus tard et n'avait plus à nourrir et soigner quotidiennement le bétail, ce qui lui permit de reprendre rapidement quelques forces. Néanmoins elle restait anormalement faible. Il lui fallait faire une pause avant de monter du premier au deuxième étage et elle continuait à tousser de manière presque chronique. Elle refusait catégoriquement de voir un médecin et disait qu'elle avait simplement besoin d'un long repos.

Durant tous ces événements, et malgré les nombreuses affaires qu'il avait eu à régler, Pierre continua de se rendre souvent, le soir, au champ des roches. Un soir cependant, par malheur, il rencontra Victor Roucas. Le paysan avait été prévenu de la présence de Pierre sur son champ par un voisin, intrigué de croiser le jeune homme sur le petit sentier à la tombée de la nuit. Profitant de la pleine lune, Roucas s'était rendu sur place en maugréant. Il aperçut la silhouette de Pierre assis sur le cairn au milieu du champ. Persuadé qu'il avait un rendez-vous galant, il attendit plus d'une heure, l'observant, caché au pied du chêne. Mais comme rien ne se passait, il finit par perdre patience et s'avança vers le jeune homme.

— Alors, garnement, tu attends une autre veuve ! hurla-t-il dès qu'il fut au pied des rochers.

Pierre sursauta et se dressa d'un bond.

— Qui est là ? lança-t-il d'une voix inquiète.

— Pas celle que tu attends.

— Ah, c'est vous...

— Oui, c'est moi. Et je croyais t'avoir dit de ne plus mettre les pieds dans mon champ.

C'est pas parce que t'as hérité qu'il faut te croire tout permis.

— Je suis désolé, j'aime bien...

— T'aimes bien l'endroit ! Je sais. Tu m'as déjà sorti tes salades. Je sais pas encore ce que tu viens fouiner ici, mais c'est la dernière fois que je te dis de ne plus jamais y mettre les pieds.

Sur ce, Roucas se baissa, ramassa un caillou et le lança en direction de Pierre qui esquiva le coup. « Retourne dans ta bicoque de bourgeois », hurla le paysan en se baissant pour ramasser un autre projectile. Pierre ne se fit pas prier et remonta vers le sentier en direction du village. Arrivé au Clos, il s'effondra au pied d'un peuplier qui bordait le chemin de la bastide.

Il resta ainsi une partie de la nuit, à méditer cet événement malheureux en contemplant le coucher de lune. Puis il s'assoupit. Une ombre se glissa près de lui. La muette l'avait suivi depuis le champ des roches où elle avait assisté à toute la scène avec le paysan qu'elle maudissait. Elle regarda longuement le visage de Pierre et ne put s'empêcher de l'embrasser sur le front avant de s'enfuir à toutes jambes.

Rentré se coucher peu avant l'aube, il se leva tard et sortit prendre son déjeuner dans le jardin. Émilie était levée depuis trois bonnes heures et travaillait au potager avant que la chaleur ne soit trop écrasante. Car on avait beau être à quelques jours de l'automne, il faisait encore un temps magnifique. Émilie commençait à goûter pleinement sa nouvelle vie. Elle avait réaménagé la maison à son goût en déplaçant meubles et objets, et imaginait déjà les fleurs qu'elle planterait autour de la bastide pour le printemps prochain.

Pierre la regardait travailler au jardin, avec la joie de sentir sa mère si heureuse. Puis il décida de se rendre au village. Il n'avait parcouru que quelques centaines de mètres lorsqu'il croisa Lisa, la fille aînée du maire, qui descendait en direction inverse. À peine plus âgée que Pierre, Lisa avait fréquenté l'école avec le fils d'Émilie Morin. Par la suite, et comme presque tous les jeunes du village, elle n'avait pas entretenu de relations particulières avec Pierre, qu'elle jugeait un peu trop « différent ». Vive, pétillante et un peu effrontée, elle avait été fiancée à Léon, le fils du forgeron, et avait finalement rompu avec lui. Depuis, la plupart des garçons faisaient une cour assidue à la fille du maire qui était non seulement jolie et intelligente, mais aussi un excellent parti. Pierre l'avait remarquée depuis longtemps, mais elle lui avait semblé inaccessible, puis il avait été obsédé par son amour pour Pauline. Il la salua d'un sourire timide. À son grand étonnement, Lisa fondit sur lui :

— Alors, Pierre, ça fait longtemps qu'on n'a pas eu l'occasion de parler ensemble. Il faut dire que tu sembles préférer la compagnie des arbres à celle des filles.

Le jeune homme ne sut que répondre. Lisa

lui prit le bras et lui demanda de faire un bout de chemin avec elle, le questionnant sur sa nouvelle vie au Clos. Arrivés devant le chemin qui mène à la maison, elle manifesta le désir de voir la bastide. Pierre la lui fit visiter ainsi que le terrain environnant. Elle s'extasia devant les quelques beaux meubles qui restaient. Elle apprécia aussi le jardin et la vue magnifique. En le quittant, elle lui fit un petit baiser sur la joue et lui murmura à l'oreille :

— J'espère que tu viendras samedi au bal de *lou festin* ; ça me ferait bien plaisir de danser avec toi.

Lisa faisait allusion à la fête de Saint-Damien, le saint patron du village, qui donnait lieu chaque année à trois jours de réjouissances.

— Je ne sais pas danser, balbutia Pierre.

— Et alors ! Je t'apprendrai !

Durant les derniers jours précédant *lou festin*, tous les habitants étaient mobilisés pour préparer les festivités. Dès le vendredi, les musiciens de l'orchestre et plusieurs marchands ambulants se rendaient au village. Le lendemain, tout au long de la journée, plusieurs dizaines de personnes de localités voisines arrivaient par petits groupes. Ceux qui avaient de la famille sur place logeaient chez l'habitant, tandis que la commune mettait à la disposition des autres une grande salle municipale, équipée de paillasses. Le samedi soir, au coucher du soleil, les gens se rassemblèrent sur la place. La muette manquait au rendez-vous car la sauvageonne fuyait ces fêtes comme la peste. Honoré Fontin commença son traditionnel discours, puis prit la tête d'une farandole qui parcourut joyeusement les ruelles du village. Pour cette première soirée, Émilie avait préféré rester chez elle. Pierre, quant à lui, s'était joint à la ronde. Sur la place, l'orchestre accueillit les villageois et le maire inaugura fièrement le bal au son de l'accordéon. Bien qu'il ne fût pas un bon danseur, Pierre se laissa entraîner par la fougue de Lisa. Bien vite, quelques bonnes rasades de vin aidant, il réussit à vaincre sa timidité naturelle et ne quitta plus la piste, éclairée par une multitude de lampions. Les jeunes filles se pressèrent pour danser avec lui et, à ceux qui s'étonnaient du succès de ce jeune homme simple et un peu gauche, les vieilles femmes se chargèrent d'expliquer qu'il venait d'hériter d'une grande maison bourgeoise et d'une douzaine d'hectares.

3

Pierre ne se souvenait plus comment, ni
avec qui, il avait passé la fin de la nuit. Il avait
bu du gros rouge à en perdre la tête et s'était
réveillé tout débraillé dans une grange. En sor-
tant du bâtiment, il aperçut la silhouette de la
muette qui s'esclaffa à sa vue, avant de disparaître. « Si au moins elle parlait, elle pourrait
me dire ce qui m'est arrivé », pensa-t-il. Il rentra en courant au Clos pour rejoindre sa mère
qu'il devait amener à l'église pour la grand-
messe. En parcourant les ruelles du village, il
croisa les enfants déguisés qui frappaient à
toutes les portes, en compagnie de l'orchestre,
pour recueillir les dons permettant de financer
la fête. Émilie fut surprise de voir son fils sur-
gir hirsute et anormalement agité. Elle ne lui
fit aucun reproche, mais se douta qu'il avait dû
boire plus que de raison et finir la nuit dans
les bras d'une fille, comme cela arrivait souvent lors de ces réjouissances. À onze heures
moins le quart, les cloches carillonnèrent à tue-
tête et les villageois commencèrent à remplir

la petite église. Émilie, qui s'y rendait chaque dimanche, avait pris l'habitude de se tenir au fond de l'édifice avec les humbles employés de ferme. Mais dès qu'elle arriva sur le parvis, l'abbé Lucien Sève, qui accueillait ses paroissiens, la conduisit au troisième rang, juste derrière les principaux notables. Lors des fêtes, chacun, même à l'église, devait tenir son rang social. Émilie et Pierre furent gênés par cette soudaine promotion. Après l'office, les hommes se pressèrent sur la place pour prendre le vin d'honneur, réunissant les notables et les invités de marque. Cette année, le village était honoré par la présence du chef de la brigade de gendarmerie du canton ainsi que par celle de trois maires de bourgades voisines. Pendant ce temps, les femmes, aidées des enfants, s'activaient à leurs fourneaux pour préparer le copieux repas, chaque famille apportant ses plats sur la place du village, où les tables avaient été dressées pour l'occasion.

Pierre et Émilie s'installèrent au bout d'une grande tablée en compagnie des Fougasse, mais Paul Austan, l'instituteur, les invita à se joindre à la deuxième table d'honneur qu'il présidait. La famille du cafetier s'y tenait également. Pierre se retrouva juste à côté de Pauline. Tandis que le père semblait se réjouir de cette proximité, la fille n'adressa pas la parole à son voisin durant tout le repas. Pierre en fut attristé, mais il était trop mal à l'aise pour prendre une initiative. Vers la fin du déjeuner, le vin aidant, il se tourna finalement vers Pauline pour la complimenter :

— Tu es bien belle, tu sais.

— Je suis surprise que tu l'aies remarqué, répliqua froidement la jeune fille.

— Que veux-tu dire ? répondit Pierre interloqué.

— Je ne suis pas aveugle. J'ai bien vu hier soir que tu en pinçais pour la fille Fontin. Depuis que tu as une belle maison, tu dois estimer qu'il te faut mieux choisir tes fréquentations.

— Que racontes-tu là ? Je la connais à peine.

— Cela ne t'a pas empêché de passer la nuit avec elle.

— Que dis-tu ?

— Ne me prends pas pour une idiote. Tout le monde le sait.

Pierre allait protester, lorsqu'il se rappela son réveil dans la grange. Il tourna la tête vers la première table d'honneur. Il aperçut Lisa. La jeune fille croisa son regard et lui adressa un clin d'œil malicieux. Pierre fut terrassé. L'idée qu'il avait pu passer la nuit dans les bras de la fille du maire le bouleversa. Il se sentit mal et se leva.

Il alla boire une grande gorgée d'eau à la fontaine, puis s'engagea d'un pas vif sur la petite route pour digérer cette nouvelle. Après un bon quart d'heure de marche, il quitta le chemin et s'engagea sur le sentier qui descendait au moulin abandonné. L'air rafraîchissant qui montait de la rivière l'emplit de bien-être. Il enleva ses vêtements et s'immergea dans l'eau, tant le soleil tapait fort en ce milieu de journée. Puis il se rapprocha de la vieille bâtisse à moitié en ruine, dont la partie basse était entièrement recouverte de ronces et d'arbustes. Il chercha un endroit au frais et s'abrita à l'ombre de la grande roue en bois hors d'usage. Il s'allongea sur l'herbe mêlée de mousse, ferma les yeux et se délecta à écouter le chant du ruisseau qui se mêlait à celui des oiseaux. Progressivement, ses pensées inquiètes se dissipèrent et il resta immobile, ne pensant à rien d'autre qu'à la sensation de plénitude qui envahissait son corps et son esprit.

Pierre resta longtemps au bord de la rivière. Puis il entendit au loin les cloches de l'église qui appelaient les villageois à l'office des vêpres.

4

Arrivé en retard, il resta en dehors de l'édifice plein à craquer. À la fin de l'office, l'abbé
sortit avec les reliques, précédé des enfants de
chœur munis de bannières. Tous les villageois
partirent en procession jusqu'au petit oratoire
dédié à saint Damien, à vingt minutes de
marche au-dessus du village. Pierre remarqua
une ombre furtive qui bondissait d'arbre en
rocher et suivait le cortège à distance. « Tiens,
c'est sûrement la muette », se dit-il et, tandis
qu'il chantait les cantiques traditionnels, il eut
une pensée pour l'orpheline. Ils pique-niquè-
rent près du sanctuaire et revinrent au village
à la nuit tombante, brandissant des flambeaux.
Accueillis par l'orchestre, ils déposèrent les
torches tout autour de la place et le maire
ouvrit le second bal. Pierre resta assis à l'écart,
ruminant les événements de ces derniers jours.
Il fut un peu apeuré de voir Lisa venir vers lui.

— Alors, tu ne me connais plus ? Tu étais
moins timide hier soir.

— Écoute, Lisa, je crois que je n'étais pas

très lucide et je ne sais pas ce qui s'est vraiment passé entre nous...

— Rassure-toi, il ne s'est rien passé, l'interrompit brutalement la jeune fille. Tu étais ivre et je t'ai déposé dans la grange. Nous avons dormi l'un contre l'autre comme frère et sœur. Par contre, ce soir j'ai très envie de danser avec toi. Allez, viens avant que je n'aille trouver un autre garçon moins réticent.

Pierre n'aimait pas les manières trop directes de Lisa. Il avait besoin de temps pour comprendre ce qui lui arrivait. Il pensait aussi à Pauline. Il détourna le regard et resta silencieux. Partagée entre la colère et le dépit, la jeune fille tourna les talons, se disant qu'il changerait d'attitude lorsque la fête battrait son plein.

Pierre demeura un long moment absorbé par ses pensées. Puis, tandis que les danses s'enchaînaient au son de l'accordéon, il aperçut Pauline assise face à lui, à l'autre bout de la place, et qui le regardait fixement. Il réalisa alors combien il aimait encore la fille du cafetier. Après quelques minutes de réflexion, il décida de traverser. Il s'assit à côté de la jeune fille, qui ne souffla mot. Il prit son courage à deux mains.

— Tu veux bien danser avec moi, Pauline ?

Elle se tourna vers lui et demanda ironiquement :

— Tu danses avec les filles de commerçant maintenant ?

Pierre se demanda ce qu'il devait répondre.

Mais il se dit que la psychologie féminine était trop compliquée pour lui et qu'il valait mieux ne rien dire, ou bien exprimer tout simplement ce qu'il ressentait au fond du cœur, au risque de tout gâcher.

— Pauline, il ne s'est rien passé avec Lisa et je n'ai jamais aimé que toi.

La jeune fille fut troublée par cet aveu.

— C'est vrai que les cadeaux, c'est toi qui les as déposés ?

À ces mots, Pierre eut envie de fondre en larmes. Il se retint tant qu'il put et répondit, la gorge nouée :

— J'aurais continué à t'en offrir autant que tu voulais si tu n'étais pas amoureuse de François.

— Je ne sais plus où j'en suis, soupira la jeune fille. C'est vrai que j'ai aimé François, mais il est parti et je ne vais pas l'attendre toute ma vie. Et puis il m'a menti sur les cadeaux, et ça, je ne peux pas lui pardonner.

Elle prit la main du garçon et la serra dans la sienne. Ils restèrent ainsi un moment, puis Pauline lui lança avec entrain :

— Alors tu ne m'invites pas à danser ?

Après quelques danses, Pauline, qui semblait aux anges, l'entraîna loin de la foule. Pierre la suivit le cœur battant. Il aperçut Lisa qui quittait le bal en courant et il ressentit une pointe de tristesse. Le cafetier avait observé la scène et devinait les intentions de sa fille. Il n'approuvait pas l'idée que Pauline passe la nuit avec un garçon, mais il pensa à la bastide qui ferait une si belle auberge et décida de fermer les yeux sur l'escapade des deux amoureux.

Arrivés dans une grange en bordure du village, Pauline enlaça Pierre et posa ses lèvres contre les siennes. Puis elle commença à défaire son chemisier. Bien que tout cela lui semblât trop rapide et incompréhensible, Pierre sentit un immense désir monter en lui et s'y abandonna avec délice. Il caressa le corps de la jeune fille. Un peu plus expérimentée que lui, Pauline commença à défaire le pantalon du garçon et s'allongea sur le dos. Pierre sentit un feu dévorant le consumer de l'intérieur.

Il avait attendu ce moment depuis tellement longtemps et cela se déroula si vite. Les deux amants restèrent enlacés plusieurs heures et se séparèrent au milieu de la nuit.

Pierre n'avait pas envie de dormir. Il se rendit discrètement au champ des roches. Il n'y était pas retourné depuis sa récente altercation avec le propriétaire. Il s'assit au pied du saule pleureur, près de la rivière, méditant une nouvelle fois sur ce qui venait de lui arriver. Il se demanda comment il avait pu, soudainement, susciter l'amour des deux plus jolies filles du village. Il se remémora la visite de Lisa au Clos et son regard envieux devant les beaux meubles de la veuve Verdeuil. Était-il aimé pour lui-même ou seulement pour son héritage ? Il s'inquiéta aussi de savoir si Pauline l'aurait ainsi recherché si elle n'avait pas ressenti de la jalousie envers Lisa. Puis ses pensées revinrent vers le champ des roches. Il revit le père Roucas lui lancer des pierres et lui interdire à jamais l'accès à son champ. Il passa ainsi le restant de la nuit.

Avant l'aube, il avait pris une grande décision.

Il ne retourna pas au village pour le dernier jour de la fête. Il resta à se promener dans les champs et les bois environnants. Le soir, sa mère lui dit que Pauline et Lisa s'étaient inquiétées de lui. Il acquiesça d'un hochement de tête.

— Laquelle aimes-tu ? lui demanda Émilie.

— Pauline, répondit Pierre sans hésiter.

— Et elle, t'aime-t-elle ?

— Je le saurai bientôt, répondit Pierre de manière énigmatique.

Puis il regarda sa mère dans le fond des yeux.

— Maman, j'aimerais te parler.

Émilie sut aussitôt de quoi il s'agissait et elle se réjouit intérieurement. Pierre continua :

— Je voudrais te révéler mon secret. J'aurais pu le faire depuis longtemps, car je sais bien qu'il serait resté entre nous, mais j'avais besoin...

— Je sais, l'interrompit Émilie avec un sourire complice. Nous avons tous besoin de garder dans notre cœur certaines choses qui n'appartiennent qu'à nous. Ne te sens pas

obligé de me parler ; cela n'a pas d'importance.

— J'ai pris une grave décision et il me faut
ton accord. Mais laisse-moi d'abord te dire ce
que j'ai découvert au champ des roches. C'est
tellement extraordinaire...

5

Le lendemain, il se leva vers sept heures, de fort bonne humeur. Il avala un copieux petit déjeuner, puis fit monter sa mère dans la voiture et mena son cheval au trot jusqu'au cabinet du notaire. Ils y restèrent plus d'une heure. Il sortit l'air visiblement satisfait, muni d'un document qu'il glissa sous sa chemise, contre sa poitrine. Après avoir déposé Émilie au Clos, il se rendit directement à la ferme des Roucas. C'était l'heure du repas et il était certain d'y trouver Victor. Effectivement, le vieux paysan entrebâilla la porte de sa maison et s'apprêtait à la fermer au nez de Pierre, lorsqu'il lui glissa :

— C'est la dernière fois que je viens vous importuner. Je vous promets que je n'irai plus jamais à votre vigne, mais j'ai une chose très importante à vous dire.

La curiosité l'emporta finalement sur sa mauvaise humeur et l'homme laissa entrer Pierre en grommelant. Moins de trente minutes plus tard, Pierre ressortit de la ferme. Lorsqu'il eut franchi le seuil, le couple se précipita à la fenêtre pour regarder s'éloigner le jeune homme. Dès qu'il eut disparu au bout du chemin, Victor lâcha à sa femme :

— Il est encore plus fou que je ne pensais !

Durant les jours qui suivirent, les villageois remirent tout en ordre après les festivités. Le soir, on chantait dans les chaumières et on brûlait les derniers lampions accrochés aux portes des maisons. Les jeunes avaient le cœur rempli de rencontres galantes et les vieux ruminaient leurs souvenirs de jeunesse. Lisa était triste de la tournure prise par les événements. Elle se mit à haïr Pauline et se donna pour défi de reconquérir Pierre, ce qui soulagea un peu sa peine. Quant à Pauline, elle était toute guillerette, mais commençait à s'inquiéter de l'absence de Pierre. Aussi son cœur ne fit-il qu'un bond lorsqu'elle aperçut la silhouette du jeune homme à la fenêtre de sa chambre. La nuit tombait. Il l'emmena dehors et ils coururent dans les prés. Puis ils s'enlacèrent longuement et rentrèrent s'abriter de la fraîcheur automnale dans une cabane abandonnée. Tandis qu'il allumait un feu avec des brindilles, Pierre lui demanda :

— Pauline, est-ce que tu m'aimerais si je n'avais pas la maison et les terres ?

La fille du cafetier fut surprise par la question. Elle répondit avec indignation :

— Qu'est-ce que tu crois ! Tu me prends pour la fille du maire ! Moi j'ai toujours ressenti quelque chose pour toi, même si j'ai été trompée par François. Maintenant je sais que c'est toi qui m'as fait tous ces présents. Je méprise François de m'avoir menti. Et je t'aime non parce que tu as du bien, mais parce que tu es droit et que tu as du cœur.

Pierre fut touché par ces mots et embrassa tendrement Pauline.

Après s'être reposés du labeur de l'été, les paysans attaquaient les durs travaux d'octobre. Les femmes arrachaient les pommes de terre, les enfants cueillaient les figues, les haricots et les châtaignes. À l'aide de charrues tirées par des chevaux, les hommes labouraient les champs et semaient le blé ou le seigle. Ceux qui avaient replanté des pieds de vigne après l'épidémie de phylloxéra s'activaient aussi aux vendanges. Pierre s'enrôla comme laboureur chez les Fougasse. La muette fut si joyeuse de le revoir qu'elle ne le quitta pas. Pierre fut également heureux de retrouver sa présence quotidienne. « C'est sûrement la personne la plus pure et la plus innocente du village », pensait-il en la regardant courir dans les champs. Puis il s'enrôla comme vendangeur chez le maire, qui possédait les seules vignes du pays dignes de ce nom. Ce fut pour lui l'occasion de revoir Lisa. Elle le charma par maintes attitudes et douces paroles et, le soir de la fête des vendanges, elle s'approcha de lui et tenta de l'embrasser. Un peu éméché, Pierre commença par se laisser faire, puis se ressaisit en pensant à

Pauline. Lisa comprit avec amertume qu'il aimait vraiment la fille du cafetier. Pierre et Pauline n'avaient guère le temps de se voir dans la journée, mais passaient secrètement une ou deux nuits par semaine ensemble, le plus souvent à la belle étoile ou dans une cabane de berger.

À la Toussaint, tous les villageois se retrouvèrent à l'église, puis au cimetière, pour la fête des morts. Bien que peu fervent, Pierre participait comme tout le monde à ces fêtes religieuses qui ponctuaient la vie du village. Profondément croyante, sa mère se rendait à l'église non seulement pour la messe dominicale, mais aussi parfois en semaine pour s'y recueillir et allumer un cierge à la Vierge ou à un saint. Émilie Morin avait remarqué que son état de santé s'était dégradé au fil des dernières semaines. Elle toussait de plus en plus souvent et commençait à cracher du sang. Il lui devenait impossible de se rendre au village sans s'arrêter de nombreuses fois. Mais elle ne voulait pas inquiéter son fils et faisait bonne figure, ne se plaignant jamais et dissimulant ses quintes de toux derrière des mouchoirs.

Cela faisait bientôt deux mois que Pierre n'était pas allé au champ des roches. Il avait juré au père Roucas de ne plus y retourner et il tenait à respecter cette promesse. Mais il lui en coûtait terriblement. Il était de plus en plus nerveux et semblait attendre une nouvelle qui tardait à venir. Un matin de novembre, enfin,

Victor Roucas vint frapper à la porte des Morin. Émilie fut surprise de trouver le paysan à une heure aussi précoce. « J'ai à parler à votre fils », dit simplement l'homme en ôtant sa casquette. Émilie fit entrer Roucas et alla chercher Pierre qui sortait à peine du lit. Pendant ce temps, le paysan scruta l'intérieur de la maison dont aucun recoin n'échappa à sa sagacité. Pierre débaula par le bel escalier en chêne et invita l'homme à sortir dans le jardin. Dès qu'ils furent en tête à tête, Victor Roucas le regarda droit dans les yeux :

— J'ai réfléchi à ta proposition. Eh bien, c'est d'accord.

Pierre fut envahi d'un bonheur intense.

— Je te cède le champ des roches en échange de tous tes biens : la maison, les terres, les dépendances, les meubles, les objets, le bétail et les outils, continua Roucas. Comme c'est écrit sur le document du notaire, tout cela sera à moi quand ta mère sera décédée, mais tu me cèdes tout de suite les terres cultivables. En échange de quoi je te laisse aller à ta guise au champ des roches et personne d'autre que toi n'aura le droit de s'y rendre. La vigne t'appartiendra lorsque je rentrerai dans la maison.

Pierre acquiesça gravement, n'osant manifester trop ouvertement sa joie de peur que le paysan ne change d'avis.

— C'est entendu, dit-il sobrement. Il ne nous reste plus qu'à signer les documents devant le notaire. Pourquoi ne pas le faire aujourd'hui même ?

— Pourquoi pas ? répondit simplement Victor Roucas.

Et les deux hommes se rendirent en ville.

Ils attendirent toute la matinée que le troisième clerc fût disponible. Émilie Morin ayant déjà donné son accord écrit à cette transaction, ils signèrent les papiers et déjeunèrent ensemble. Pierre fut surpris de voir l'homme sortir une pièce de sa poche pour payer les deux repas. Victor Roucas pouvait bien faire ce petit sacrifice. Il venait de réaliser la plus belle opération financière qu'aucun Roucas eût jamais faite : un champ caillouteux contre une belle bastide bourgeoise richement meublée et douze hectares de terres, dont quatre cultivés. Ses ancêtres pouvaient être fiers, de même que ses enfants qui en hériteraient. Il ne comprenait rien aux raisons qui avaient poussé Pierre à proposer cet échange absurde. Il soupçonnait bien quelque chose de louche, mais avait beau se creuser la tête, il ne voyait pas quoi. Il s'était discrètement renseigné sur la maison pour savoir si elle n'était pas hantée ou rongée par les termites, mais tout semblait en ordre. Il finit par se dire que Pierre était fou et qu'il valait mieux que ce soit lui qui en profite plutôt que n'importe quelle petite dévergondée du village, comme cette Pauline ou cette Lisa.

Pierre, quant à lui, avait songé dans un premier temps à échanger seulement le champ contre les terres. Mais il savait que Roucas n'aurait rien lâché tant qu'il n'aurait pas obtenu encore quelque chose. Pour gagner du temps et s'économiser d'interminables tractations, il avait opté, avec l'accord de sa mère, pour cette solution radicale. Par ailleurs, il n'avait pas que le champ en vue. Il ne lui déplaisait pas de se débarrasser de cette grande maison qui, une fois Émilie partie, ne lui servirait plus à grand-chose, sinon à s'attirer des amours intéressées.

Sitôt rentré chez lui, Pierre informa sa mère que la transaction était conclue. Il la serra dans ses bras et ils restèrent un long moment silencieux. Émilie sentit soudain une forte brûlure à la poitrine et ne put réprimer une violente quinte de toux. Pierre s'en inquiéta et s'aperçut avec horreur que sa mère crachait du sang. Dès le lendemain, il fit venir un médecin ; le diagnostic fut sans appel : Émilie souffrait de la tuberculose. Elle n'avait plus que quelques semaines à vivre, quelques mois tout au plus. Pierre reçut la nouvelle comme un coup sur la tête. Jamais il n'aurait imaginé que sa mère pût partir si tôt. Un brin superstitieux, il s'en voulut d'avoir précipité cette transaction et se demanda si, dans son obsession à acquérir le champ des roches, il n'était pas responsable de la maladie de sa mère. Le médecin lui expliqua que le mal couvait depuis longtemps. « Il est même probable, si elle n'avait pu se reposer depuis quelques mois, qu'elle serait déjà décédée », ajouta-t-il en franchissant le seuil de la bastide.

6

Victor Roucas ne se gêna pas pour répandre, document notarié à l'appui, la nouvelle de la transaction. Elle fit l'effet d'une bombe. Tout le village ne parlait plus que de ça. Ceux qui s'étaient rapprochés de Pierre depuis sa récente acquisition se sentirent dupés et furent les plus virulents. Dès qu'elle apprit la nouvelle, Pauline eut un évanouissement. Puis elle courut chez son ami. Elle le trouva en train d'arroser le jardin. Elle fonça sur lui :

— C'est vrai ce qu'on dit au sujet du champ de Roucas et de ta maison ? lui lança-t-elle avant même de le saluer.

— Oui..., balbutia Pierre.

Il n'eut pas le temps d'achever sa phrase que Pauline lui décocha une gifle cinglante et hurla :

— Pourquoi m'as-tu fait ça ! Tu es la risée du village et moi avec. Tu es vraiment trop bête ! Je savais que tu n'étais pas normal et j'aurais dû me douter que tu serais incapable de garder cette maison.

Pierre encaissa le coup avec douleur, mais tenta néanmoins de calmer Pauline. La jeune fille ne voulut rien entendre. Pierre s'énerva à son tour et lui rappela qu'elle lui avait juré qu'elle l'aurait aimé même s'il avait été pauvre. « Pauvre, oui ; mais pas stupide », lui rétorqua la jeune fille avant de s'enfuir en courant. Pierre resta sonné.

Durant les jours et les semaines qui suivirent, il s'aperçut qu'il était effectivement devenu la risée de tout le village. Les enfants lui jetaient des cailloux en l'interpellant méchamment, ne faisant que rapporter les propos qu'ils entendaient le soir chez eux. Les notables eurent une attitude plus mesurée, mais néanmoins très critique envers Pierre. Le maire, qui se réjouissait que sa fille n'ait eu qu'un bref flirt avec le jeune homme, tenta en vain de comprendre ce qui avait pu motiver une telle décision et adressa de vifs reproches au garçon. Lisa fut aussi choquée par la nouvelle. Mais ayant été délaissée par Pierre au profit de Pauline, elle était partagée entre la déception et le soulagement. Elle éprouvait cependant un réel sentiment de compassion pour le jeune homme qui était soudain rejeté de toutes parts. Elle songea à lui rendre visite, mais son père lui interdit fermement de le fréquenter. Même l'abbé Lucien Sève sermonna Pierre et lui dit qu'il eût mieux fait de donner ses biens à l'Église, plutôt que d'enrichir ce mécréant de Roucas.

La nouvelle de la maladie d'Émilie Morin ne fit qu'exacerber le sentiment général d'absurdité et de gâchis. Ce fou de Pierre devrait bientôt abandonner cette superbe maison pour se retrouver, seul, dans un champ abandonné. Roucas, quant à lui, se frotta les mains lorsqu'il apprit cette nouvelle. Bien qu'il ne crût ni en Dieu ni en diable, il fut tenté d'aller brûler un cierge à la Vierge pour la remercier de ce nouveau cadeau du destin.

Seul Paul Austan, une fois encore, resta en retrait des commentaires qui allaient bon train. Ce nouveau rebondissement le laissait tout aussi perplexe. L'incroyable transaction semblait confirmer le désintéressement du jeune homme, auquel l'instituteur avait toujours cru. Mais il se demandait ce qui pouvait l'attacher à ce point à cette vigne abandonnée. Son hypothèse initiale — un simple sentiment de bien-être ou de contemplation esthétique — lui semblait dorénavant trop faible pour expliquer un tel acharnement à acquérir ce champ. Il avait beau se creuser les méninges, l'instituteur ne parvenait pas à s'expliquer l'attitude de Pierre. Il connaissait suffisamment le jeune homme pour savoir qu'il ne servirait à rien de lui demander des explications. Il resta donc dans l'expectative.

Pierre avait le cœur errant. Devait-il reparler à Pauline ou bien renoncer à la voir ? N'y tenant plus, il décida un soir, à la nuit tombante, d'aller frapper au carreau de sa chambre.

Passé le premier instant de surprise, Pauline ouvrit la fenêtre et laissa entrer le jeune homme. Ils s'assirent sur le lit, l'un en face de l'autre. Pierre resta silencieux.

— Comment vas-tu ? lâcha Pauline, embarrassée.

— Je suis triste que tu aies réagi ainsi. Je croyais que tu m'aimais sincèrement.

— Mais j'étais sincère, reprit avec force la jeune fille. Je me suis attachée à toi, j'ai eu du plaisir à être dans tes bras, je n'ai jamais menti.

— Alors pourquoi m'as-tu quitté dès que tu as appris la nouvelle de la tractation ?

— Je suis désolée de t'avoir blessé, mais tu n'as pas pensé un seul instant à moi dans cette histoire. Tu as agi en égoïste. Tu voulais acquérir ce champ de cailloux à n'importe quel prix, sans te soucier de savoir s'il m'importait, à moi, d'envisager de vivre dans une cabane isolée ? Eh bien non ! Figure-toi que j'aurais préféré vivre et élever des enfants dans une belle maison.

— Tu pensais sérieusement vivre et avoir des enfants avec moi ? reprit Pierre, bouleversé.

— Ça a l'air de t'étonner ? Je vais avoir dix-huit ans et je pense aussi à ça. Mais tu as tout gâché en décidant de devenir pauvre. Tu vis trop dans tes rêves pour comprendre qu'une fille a besoin d'un peu de sécurité. Si tu veux une femme et des enfants, où vas-tu les loger ? Comment vas-tu les nourrir ?

— Pourquoi ne m'as-tu pas dit tout ça

avant ? protesta Pierre que ces questions n'avaient en effet pas effleuré.

— Crois-tu que tu aurais renoncé à donner tous tes biens à Roucas pour posséder cette vieille vigne ? répliqua la jeune fille en le fixant du regard.

Pierre baissa les yeux et resta silencieux. Pauline avait touché juste. Aurait-il pu renoncer à acquérir le champ des roches par amour pour elle ? Au fond de lui, il savait que non. Il comprit alors que son attachement à ce lieu était vraiment plus fort que tout.

— Tu vois, tu ne réponds pas ! Mais qu'a-t-il donc de si important à tes yeux, ce maudit champ, pour passer avant moi ? Avant tout ?

Profondément ébranlé, Pierre fut sur le point de partager son secret avec Pauline. Puis, dans un effort immense, il se ravisa.

— Je ne peux pas te dire...

— C'est bien ce que je pensais, s'emporta la fille du cafetier, exaspérée. Ou bien tu es fou, ou bien tu ne m'aimes pas. Dans tous les cas, je n'ai rien à faire avec toi.

— Tu vas revenir avec François ? reprit Pierre qui était au plus mal et ne savait plus comment clore la conversation.

Cette dernière remarque acheva d'exaspérer Pauline.

— Oui, je vais me remettre avec François, s'il me pardonne de l'avoir trompé avec un petit crotteux tout juste bon à garder des chèvres et à rêvasser dans les bois.

Pierre fut à son tour tellement abasourdi par

la réaction de Pauline qu'aucun son ne put sortir de sa bouche.

— Pourquoi crois-tu qu'on t'appelle le *nieux* ? reprit Pauline de plus belle. Hein !

Pierre n'eut pas le temps de réagir. Une lumière jaillit du couloir et un lourd bruit de pas se rapprocha de la porte. Alerté par les cris de sa fille, le père Jouan, qui avait des insomnies à cause de son prêt bancaire, venait voir ce qui se passait. Pierre sut qu'il lui fallait fuir par la fenêtre au plus vite, mais il n'en eut pas la force. Quand le père entra brutalement dans la chambre, qu'il éclaira de la lumière vive d'une grosse lampe à huile, il resta prostré sur le lit. Pauline se leva et fondit en larmes dans les bras de son père en criant : « Chasse-le ! Chasse-le ! » Le cafetier, qui crut à une agression envers sa fille et qui était de toute façon de fort mauvaise humeur, se jeta sur Pierre et le roua de coups. Le jeune homme se laissa faire sans opposer la moindre résistance. Toute volonté et toute force l'avaient quitté. Alertés par le vacarme, la mère de Pauline et ses frères et sœurs accoururent. Ils réussirent à soustraire Pierre à la fureur du cafetier, qui finalement le jeta dehors en hurlant qu'il ne voulait plus jamais le voir tourner autour de sa fille, ni même venir acheter du pain. Le jeune homme se traîna jusque chez lui.

Durant les semaines qui suivirent, Pierre n'alla plus au village et partagea son temps entre le Clos et le champ des roches. Il ne se rendit même pas aux festivités traditionnelles organisées pour Noël, l'Épiphanie et mardi gras. François revint passer les fêtes de fin d'année au village et reprit sa relation avec Pauline, qui n'osa jamais lui avouer son aventure avec Pierre. Au début du carême, Émilie n'arriva plus à se lever, et elle passa l'essentiel de son temps à coudre ou tricoter dans son lit. Pierre lui prodiguait les soins prescrits par le médecin, mais il savait que cela ne servait qu'à adoucir la fin de sa mère.

Son seul réconfort fut de pouvoir retourner au champ des roches. Comme par le passé, il s'y rendait à la tombée de la nuit, dormait sur place enveloppé dans une épaisse couverture de laine qu'il laissait à l'abri des rochers, et rentrait au petit matin. Émilie constata que ces escapades nocturnes redonnaient du baume au cœur de Pierre, mais elle s'inquiétait du froid de plus en plus vif de ces nuits hivernales. Elle connaissait cependant le secret de son fils et l'approuvait. Lorsqu'il le lui avait révélé, elle avait failli lui dire le sien, mais les mots étaient restés étrangement bloqués au fond de sa gorge. Elle avait toutefois pris la ferme résolution de lui dire enfin qui était son père et se préparait à cet instant si longtemps repoussé.

Un soir, elle eut une violente crise et cracha beaucoup de sang. Elle passa trois jours dans un état très critique, puis sentit un léger mieux. Elle sut alors que sa fin était proche. Après le dîner, elle demanda à son fils de rester dans sa chambre.

— Pierre, je sens que je n'en ai plus que pour quelques heures, un jour ou deux tout au plus.

Elle interrompit d'un geste de la main son fils qui tentait de protester et exposa le propos qu'elle avait longuement mûri :

— Depuis vingt ans je porte un lourd secret. Je n'ai jamais pu dire à toi ni à quiconque qui était ton père. Nous n'avons passé que quelques heures ensemble, mais tu ne peux imaginer combien je l'ai aimé. Je me suis juré qu'il n'apprendrait jamais cette naissance et j'ai eu trop peur que tu veuilles le retrouver. Pardonne-moi de l'avoir toujours protégé, même contre le désir légitime que tu aurais pu avoir de le connaître. Maintenant, fais comme tu voudras.

Elle toussa violemment et dut s'interrompre pendant plusieurs minutes. Pierre était bouleversé. Dès que sa mère fut à nouveau en état de parler, il lui dit :

— Je n'ai jamais senti de manque. Tu m'as donné tout ce dont j'avais besoin.

Émilie eut le cœur serré et lui sourit en lui prenant la main. Elle lui raconta comment elle avait connu Jean Rivière et lui dit tout ce qu'elle savait de lui.

Elle lui tendit aussi la lettre et la chevalière. Pierre fit comme s'il n'avait jamais vu ces objets. Sur l'enveloppe jaunie, le jeune homme relut une nouvelle fois le nom et l'adresse de son père. Il glissa l'enveloppe et la bague sous sa chemise. Ils s'embrassèrent longuement.

Au petit matin, Pierre apporta un grand bol de tisane à sa mère. Il constata avec une vive douleur qu'elle était morte au cours de la nuit. Il se signa et resta quelques instants agenouillé auprès d'elle. Puis il sortit de la bastide et courut dans les bois crier sa souffrance à ses meilleurs amis : les arbres, les oiseaux, la rivière et le vent.

Les obsèques eurent lieu quatre jours après le décès, le temps de faire fabriquer et d'acheminer le cercueil en chêne que Pierre avait commandé pour sa mère. On était au début du mois de mars et il avait givré au cours de la nuit ; toute la campagne était recouverte d'un fin voile blanc et les villageois s'habillèrent chaudement pour assister à la cérémonie dans l'église glacée. Comme pour chaque enterrement, le village au grand complet assistait à l'office. Victor et Léontine Roucas avaient pris place bien en vue au milieu de l'église et le vieux paysan avait du mal à dissimuler sa joie. Il faut dire que cet enterrement baignait dans une atmosphère particulière. À l'exception de Pierre, chacun avait en tête l'affaire de la transaction. On savait que, le soir même, Victor Roucas prendrait possession de la bastide et on se demandait où Pierre comptait passer la nuit. En fait, les Fougasse avaient proposé au jeune homme de revenir dans la vieille masure où il avait vécu avec sa mère. Les paroles de condoléances adressées au fils Morin étaient certes sincères mais, au fond d'eux, la plupart des villageois pensaient à cette magnifique propriété qu'il venait de perdre et cela paraissait à certains plus dramatique que le décès d'une mère.

On plaça le cercueil devant l'autel. Pierre se tenait seul au premier rang de gauche, tandis que les principaux notables occupaient celui de droite et les trois rangs suivants. Il était digne et ne semblait pas abattu par ce deuil. Il avait eu le temps de s'y préparer et restait sur la douceur de la dernière soirée passée en compagnie d'Émilie.

L'abbé Lucien Sève aimait les enterrements. C'était pour lui l'occasion de s'adresser à tout le village et d'envoyer des piques, longuement mûries, aux mécréants qui ne fréquentaient l'église qu'à ces occasions. Surtout, les âmes de ses paroissiens étaient particulièrement réceptives lors de ces événements douloureux, qui rappelaient à l'homme son inéluctable destinée. Il en profitait pour faire un véritable cours de catéchisme et inculquer quelques bonnes vérités de foi ou de morale. Il attendait donc avec impatience le moment où il monterait en chaire pour sermonner ses ouailles. Il lut l'épître et l'Évangile en latin, gravit avec solennité les neuf marches, toussota légèrement et promena lentement son regard sur son auditoire.

Il commença son prêche en vantant les mérites d'Émilie Morin. Il rappela combien elle était pieuse, modeste et dévouée. Il fit ensuite référence au texte de l'Évangile qui venait d'être lu. Comme, à l'exception de l'instituteur, personne ne comprenait le latin, il reprit le texte en français : « Ce que nous dit Jésus, dans l'Évangile de Matthieu au chapitre 13, s'applique à merveille à cette humble disciple du Christ qu'était Émilie Morin, qui comprit que le Royaume des cieux était infiniment plus désirable que les biens terrestres : "Jésus disait à la foule cette parabole : Le Royaume des cieux est comparable à un trésor caché dans un champ ; l'homme qui l'a découvert le cache de nouveau. Dans sa joie, il va vendre tout ce qu'il possède, et il achète ce champ." »

L'abbé marqua une pause et lut dans le regard des fidèles une telle stupéfaction qu'il s'étonna de l'impact de cette parole. Puis il réalisa soudain ce que tous venaient de comprendre et il fut si troublé qu'il eut un vertige.

Il se raccrocha mécaniquement à l'exégèse du texte qu'il avait préparée : « Mes bien chers frères... lequel d'entre nous en effet s'il trouvait un trésor dans un champ... n'irait-il pas vendre tous ses biens... comme le Seigneur nous le rappelle... pour acheter ce champ, quel qu'en soit le prix... » Une rumeur enfla dans l'église. Plus personne n'écoutait les paroles du prêtre.

Chacun chuchotait avec ses voisins. « Comment avons-nous pu être assez bêtes pour ne pas comprendre que Pierre a trouvé un fabuleux trésor dans le champ des roches ? lâcha avec dépit le cafetier à sa fille. « Quel âne ce Roucas, il s'est bien fait avoir », ricana le père Fougasse. « On ferait mieux de lire l'Évangile plus souvent », commenta la femme de l'instituteur à sa cousine. « Invitons Pierre à déjeuner », murmura le maire à sa femme.

Le curé eut un mal fou à continuer son sermon. « Et nous jugerions tous... cet individu... comme un insensé... alors qu'il possède la sagesse véritable... » Il fut interrompu par un grand bruit au milieu de l'église. Rouges de colère, les Roucas se levaient bruyamment de leurs sièges et quittaient l'édifice sous les ricanements de l'assistance, jurant qu'on ne les reverrait plus jamais dans une église.

L'abbé n'eut pas la force d'achever son prêche. Il redescendit précipitamment de la chaire, bâcla la fin de la cérémonie et invita les fidèles à défiler devant le cercueil et à présenter leurs condoléances au parent de la morte. Pierre semblait ignorer ce qui agitait toute l'assistance et continuait à se tenir dignement à côté du cercueil de sa mère. Les villageois, qui le considéraient maintenant comme un filou accompli, firent comme si de rien n'était. Mais leurs condoléances furent singulièrement affectueuses et appuyées. En serrant la main de Pierre, tous cherchèrent à lire quelque chose de particulier dans son regard, une étincelle spéciale qui brillerait dans les yeux des découvreurs de trésor. Ils ne purent que constater la tristesse sincère du jeune homme et se convainquirent que même un homme immensément riche devait ressentir la même chose que le commun des mortels lors du décès de sa mère.

La procession vers le cimetière baigna dans la même atmosphère que la messe. Jamais on n'avait assisté à une telle effervescence lors de funérailles. Sitôt la cérémonie terminée, Pierre fut assailli par une foule de badauds qui tentèrent de s'attirer les bonnes grâces du nouveau millionnaire. Il faut dire qu'ils avaient tous beaucoup à se faire pardonner. Nombreux furent ceux qui l'invitèrent à déjeuner ou à dîner et lui proposèrent même un abri. De peur de paraître intéressé, personne n'osa aborder ouvertement avec Pierre la question du trésor qui hantait pourtant tous les esprits. Pierre déclina poliment les invitations, sauf celle du maire qu'il ne pouvait refuser. Il expliqua à ceux qui le pressaient de venir vivre sous leur toit — certains offrirent leur chambre — qu'il était très touché par tant de compassion, mais que les Fougasse lui avaient déjà proposé de dormir dans la vieille masure, ce qui lui convenait tout à fait.

À part chez les Roucas, où on eût cru la maisonnée en deuil, toutes les chaumières étaient dans une incroyable agitation. Les interrogations fusaient d'un coin à l'autre des grandes tablées et chacun tentait d'y répondre de son mieux. Quelle était la nature du trésor découvert par Pierre et pour quel montant y en avait-il ?

— Des millions, affirma le cafetier, le regard étincelant comme s'il voyait mille diamants.

— Ça fait combien de millions ? demanda Pauline bouleversée par la nouvelle.

— Avec des millions, reprit son père, les yeux exorbités, qui commençait à regretter d'avoir sévèrement rossé le fils Morin, avec des millions tu peux t'acheter plusieurs villages comme celui-là et même te payer des serviteurs et ne plus jamais travailler.

Tous se posaient la question de savoir si le trésor était encore enfoui dans le champ ou si Pierre avait pris soin de le mettre en lieu sûr.

— Regarde ce que dit l'Évangile, expliqua la mère de François à son mari. L'homme qui trouve un trésor dans un champ le cache de nouveau et part acheter le champ. Donc, moi je dis qu'il l'a laissé sur place et qu'il a attendu d'être propriétaire pour le déterrer.

Presque tous se rangèrent à cet avis, mais pour une raison plus prosaïque : si Pierre avait transféré le magot, pourquoi se serait-il donné la peine d'échanger le champ contre la maison ? C'est donc que le trésor était encore enfoui sous terre quelque part au champ des roches. Cela relança les spéculations sur l'importance du butin, qui était peut-être intransportable par un seul homme. On comprit aussi pourquoi Pierre se rendait uniquement la nuit à la vieille vigne : il eût été bien trop risqué de déterrer et caresser son or en plein jour. Les plus érudits, comme l'instituteur, firent toutefois remarquer qu'un trésor devait être partagé entre celui qui l'a découvert et le propriétaire du lieu où il était enfoui, ce qui justifiait a posteriori l'acharnement du jeune homme à devenir propriétaire du champ.

Tout en se ralliant à l'avis général, Paul Austan restait cependant sceptique. Il avait décidément du mal à admettre qu'un bien matériel, aussi extraordinaire soit-il, pût véritablement intéresser Pierre Morin.

3

1

Pierre partagea le repas du maire. Ce dernier regretta vivement d'avoir, depuis la veille, également invité l'abbé à sa table. Mais il ne pouvait modifier son invitation sans laisser croire à l'ecclésiastique qu'il tenterait de tirer les vers du nez du jeune homme. Compte tenu de ce paramètre, la conversation fut très compliquée ou, plutôt, d'une extrême banalité. Ni le maire ni l'abbé ne voulaient avoir l'air de s'intéresser au trésor et on parla de tout sauf du sujet qui hantait les esprits. L'abbé trouva finalement le moyen d'amener habilement la conversation sur le toit de l'église qui menaçait de s'effondrer et la nécessité qu'il y aurait à solliciter un généreux donateur pour commencer les réparations. Pierre sembla s'inquiéter du toit de l'édifice, mais ne fit aucune proposition, ni même une allusion au fameux magot. Le maire trouva à son tour une manière astucieuse d'aborder le sujet en s'attirant les bonnes grâces du garçon :

— Dis-moi, mon petit Pierre, tu vas être dans le besoin maintenant que tu as tout donné au père Roucas. Tiens ! Ça me ferait plaisir de t'offrir de quoi construire une solide cabane sur ton champ.

L'abbé ne laissa pas au jeune homme le temps de répondre et lança sèchement à l'adresse d'Honoré Fontin :

— J'accepte volontiers, mon fils, tout don pour le toit de l'église.

Pierre appuya la requête du prêtre et assura le maire qu'il était bien plus urgent de réparer le toit de la maison de Dieu que de lui construire un abri. Honoré aurait volontiers étranglé l'abbé sur place, mais il se contenta de sourire et se tourna vers le curé :

— Dites-moi, monsieur l'abbé, cette histoire de trésor dont vous nous parliez ce matin à la messe...

À ces mots les convives, à l'exception de Pierre, eurent un violent sursaut.

— ... est-ce une simple image, ou croyez-vous vraiment que si l'un d'entre nous trouvait par hasard un trésor, il s'en irait l'enfouir à nouveau ?

Tous les yeux étaient braqués sur Pierre. Il semblait un peu absent et continuait à déguster son lapin aux olives, comme s'il n'était pas concerné par la conversation. L'abbé resta coi. Honoré enfonça le clou avec jubilation :

— Moi, personnellement, je m'en irais la nuit le déterrer et le mettre en lieu sûr avant que quiconque ne le découvre, plutôt que de risquer d'alerter le propriétaire du champ en lui faisant une offre. Et vous, monsieur le curé, que feriez-vous en pareille circonstance ?

— Moi, reprit le prêtre mal à l'aise, je ne me préoccupe que de choses spirituelles.

— Sauf quand il s'agit de récolter des fonds pour réparer le toit de l'église, rétorqua Honoré, suscitant l'hilarité générale.

— Puisque vous faites le malin, mon cher ami, reprit l'abbé piqué au vif, puis-je vous demander à mon tour ce que vous penseriez d'un homme qui, comme nous le suggère le saint Évangile, vendrait tous ses biens pour acheter un simple champ, étant bien entendu que vous êtes loin de vous douter qu'il y a découvert un trésor. Le loueriez-vous et le considéreriez-vous comme un sage, à l'instar de Notre Seigneur, ou bien le traiteriez-vous de fou ou d'insensé, comme le feraient stupidement tous ceux qui n'auraient pas compris le sens profond de son acte ?

Le maire devina que l'ecclésiastique faisait allusion aux paroles très dures qu'il avait tenues à Pierre lorsqu'il avait appris la nouvelle de la transaction. Il maudit à nouveau la perfidie du prêtre, qui rappelait de surcroît au jeune homme comment il s'était alors lamentablement comporté. Il maugréa et lança sur un ton franchement hostile :

— Et vous, monsieur l'abbé, vous n'auriez pas, bien entendu, réagi comme tout le monde... à moins que vous n'ayez été dans la confidence par la confession... de sa mère, par exemple...

— Comment osez-vous ! protesta vivement le prêtre en faisant mine de quitter la table.

Luce Fontin, qui sentait depuis un moment que la conversation dégénérait, intervint brutalement avec un immense sourire : « Et si nous passions au salon pour prendre le café ? » Le maire et l'abbé se regardèrent droit dans les yeux. Ils réalisèrent qu'ils avaient dépassé les bornes et risquaient d'indisposer Pierre. Ils abordèrent à leur tour un large sourire crispé. « Excellente idée », lâcha Honoré.

Pierre demanda à sortir quelques instants pour prendre l'air. Il se rendit au jardin. Lisa choisit ce moment pour s'approcher de lui. Elle était ravie de cet incroyable rebondissement, car au fond elle aimait bien Pierre et n'aurait demandé qu'à l'aimer davantage s'il n'avait pas tout gâché en préférant Pauline, puis en choisissant de redevenir pauvre. Depuis le début du repas, Pierre n'avait manifesté aucune animosité ni aucune tendresse particulière à son égard et elle ne savait pas trop quelle attitude adopter. Elle était dans une position beaucoup plus confortable que la fille du cafetier, qui avait brutalement quitté le jeune homme dès qu'elle avait eu connaissance de la transaction. Toutefois, elle n'avait pas donné à Pierre le moindre signe amical depuis cet événement et le jeune homme pouvait légitimement considérer qu'elle s'était également désintéressée de lui. Elle choisit la prudence et limita ses commentaires au décès d'Émilie.

— Je suis triste pour toi et ta pauvre mère, lui souffla-t-elle en se plaçant à ses côtés, tandis qu'il scrutait l'horizon, les mains enfoncées dans les poches de son pantalon et les bras serrés contre son corps pour se protéger du froid piquant.

Il tourna légèrement la tête, puis fixa à nouveau la campagne.

— Merci, Lisa, tu es bien bonne. Je crois qu'au fond d'elle-même elle préférait partir.

— Tu veux dire qu'elle ne voulait plus vivre ?

— Elle était très croyante, tu sais. Elle a toujours été persuadée qu'elle serait plus heureuse au ciel qu'elle ne l'avait jamais été sur terre. À la fin, elle était fatiguée de vivre et n'avait aucune peur de mourir.

— Et toi, tu penses souvent à la mort ?

— Aujourd'hui je suis bien obligé, mais sinon, rarement. Lorsque j'y pense, c'est comme si mon être se fondait dans l'eau, le vent, la terre... Il y a quelques nuits, juste après le décès de ma mère, j'ai fait un rêve curieux : je savais que j'étais mort, je regardais mon corps inanimé, j'étais dans une paix profonde et je voyais mon sang s'écouler lentement pour rejoindre le cours d'un ruisseau, une large rivière, un fleuve immense et les océans infinis.

— Brrr... ça me glace le sang, ton rêve !

— Moi, ça me plairait bien de mourir comme ça, plutôt que dans mon lit, et d'être enfermé dans une caisse.

Lisa eut envie de changer de sujet, mais elle n'avait vraiment plus aucune idée de ce qu'elle pourrait dire. Aussi fut-elle soulagée que Pierre prenne l'initiative de relancer la conversation.

— J'étais triste de ne plus te voir, Lisa. J'ai eu l'impression que tu ne me connaissais plus, comme les autres.

Le cœur de la jeune fille se serra. Elle n'eut pas la force de mentir.

— C'est vrai. Je le regrette et te demande pardon. Comme tout le monde, j'ai été choquée d'apprendre que tu avais renoncé à tous tes biens pour ce champ. Sur le coup, j'ai cru que tu avais perdu la tête. Après, j'ai eu envie de te parler et de te revoir, mais mon père me l'a interdit, et je n'ai pas eu le courage de te rendre visite.

— Je te remercie de ta franchise, répondit Pierre en se tournant à nouveau vers la jeune fille.

À ce moment précis, Honoré sortit de la maison et apostropha les deux jeunes gens :

— Eh, les amoureux, ce n'est pas le moment de roucouler. Il fait trop froid pour cela. Venez boire un bon café brûlant.

Lisa fut gênée par l'intervention de son père qui manifestait à présent trop ouvertement son désir de les voir se rapprocher.

Pendant le café, le maire et l'abbé rivalisèrent d'attentions envers Pierre, lui proposant l'un et l'autre de l'héberger en attendant qu'il trouvât « une solution durable », c'est-à-dire qu'il se fasse construire une demeure princière avec le fruit du magot. Pierre déclina poliment leur offre, affirmant qu'il serait très bien chez les Fougasse. Il prit congé de ses hôtes. Lisa l'embrassa tendrement en lui demandant :

— Quand nous reverrons-nous ?

— J'ai besoin de rester seul une semaine ou deux, répliqua Pierre. Après, je serai heureux qu'on se revoie plus souvent que ces derniers mois.

La pointe d'ironie n'échappa pas à la jeune fille, qui se dit qu'il faudrait du temps pour redonner confiance à Pierre. Mais elle se consola en pensant qu'elle avait une belle longueur d'avance sur ses rivales, à commencer par Pauline.

2

Bien qu'il cherchât la solitude, Pierre ne fut jamais autant sollicité par les villageois. Chacun venait à tour de rôle discuter un brin avec le futur millionnaire sans jamais aborder de front la question du trésor. Comme les travaux saisonniers n'avaient pas encore repris, Pierre demeurait la plupart du temps au champ des roches. Les villageois l'y poursuivirent, certains passant de longues heures à le guetter la nuit, espérant le voir déterrer son butin. Pierre s'en rendit compte et chassa vertement les intrus. La seule personne qu'il toléra fut la muette. La fillette était ravie depuis que Pierre avait acheté le champ. Échappant à la surveillance de son ancien propriétaire, elle avait d'ailleurs toujours continué à rôder dans les parages. Depuis l'enterrement d'Émilie, elle ne quittait presque plus le lieu et se rapprochait davantage du jeune homme. Pierre partageait fréquemment son repas du soir avec elle. Comme toujours, la fillette maintenait une certaine distance, mais elle était moins farouche, faisant des tours au jeune homme et riant volontiers de grand cœur. Le changement fut si considérable que Pierre se demanda si la parole ne lui reviendrait pas subitement, à la faveur d'un jeu ou d'une promenade le long du ruisseau.

Honoré Fontin, qui cherchait un moyen de plaire au garçon, lui proposa de clôturer l'entrée de la vigne, ce qui rendrait beaucoup plus difficiles les visites importunes. Pierre n'aimait pas les clôtures, mais il accepta l'offre du maire pour être certain d'avoir la paix. Ce dernier en fut si heureux qu'il engagea dix hommes pour construire une barricade de bois, haute de deux mètres cinquante, obligeant les intrus à passer par les bois, ce qui rendait impossible toute approche nocturne silencieuse.

Le cafetier ne voulut pas être en reste. Il avait juré de ne plus adresser la parole à Pierre après l'incident dans la chambre de Pauline. Il regrettait maintenant que le jeune homme ne s'intéressât plus à sa fille. Il lui dit un matin :

— Tu devrais aller te réconcilier avec le fils Morin.

— Pourquoi ? répondit Pauline un peu sèchement. Parce qu'il a trouvé un trésor ?

— Dis pas des choses pareilles ! reprit son père d'un ton colérique.

— Vous ne pensez tous qu'à ça ! Eh bien, ne comptez pas sur moi pour coucher avec lui pour vous faire hériter du magot !

— Dis pas des choses pareilles ! cria à nouveau son père.

118

— Et de toute façon, c'est pas parce qu'il est riche qu'il va changer ses habitudes de rêveur. Il va continuer à courir la campagne toute la journée à la poursuite des oiseaux ou des papillons. Moi je veux un mari qui ait les pieds sur terre et de l'ambition, lança Pauline en quittant la pièce.

Devant l'obstination de sa fille, le cafetier dut changer de stratégie. Il était persuadé que le jeune homme attendrait que la vigilance des villageois se relâche pour déterrer son butin, restant toutes les nuits sur place pour surveiller le trésor. Aussi réussit-il à convaincre Pierre de l'aider à construire une cabane de berger. Le cafetier voulait l'édifier à l'endroit le plus abrité du vent, en bas du champ, près de la rivière, mais Pierre insista pour qu'on la construise tout en haut de la colline, au pied du grand chêne. « C'est astucieux, pensa le père de Pauline. Ainsi, il pourra mieux surveiller son champ. À moins que le butin ne soit enterré au pied de l'arbre. »

Deux mois passèrent. Les travaux agricoles avaient progressivement repris. Pierre s'embaucha comme jadis à la ferme des Fougasse, malgré les nombreuses offres qui lui furent faites de travailler ailleurs pour un meilleur salaire. Après avoir planté les pommes de terre et les haricots, les paysans nettoyèrent les prés et les canaux d'irrigation, puis, avec les beaux jours, ils commencèrent à mener chaque jour le bétail aux pâturages.

Le plus souvent accompagné de la muette, Pierre promenait les quelques bêtes des Fougasse. Peu à peu, il avait repris une vie sociale. Il acceptait parfois de dîner dans une famille du village. Riches ou pauvres, ses hôtes mettaient les petits plats dans les grands et débouchaient leurs meilleures bouteilles. Les filles lui faisaient les yeux doux et les mères espéraient secrètement qu'il s'intéresserait à leur progéniture. Pierre, toutefois, ne laissa aucun espoir aux jeunes filles, à l'exception de Lisa.

La fille du maire avait su regagner la confiance du jeune homme qui ressentait maintenant pour elle un vrai sentiment amical. Mais le cœur de Pierre était encore meurtri par son aventure avec Pauline. Même s'il comprenait ses raisons, la fille du cafetier l'avait jadis, et par deux fois, si violemment éconduit que quelque chose s'était brisé en lui. Aussi prit-il tout son temps pour nouer une relation avec Lisa. Comme tous les habitants du village, cette dernière s'était finalement convaincue que Pierre était beaucoup moins naïf qu'il ne le laissait croire. Il avait réussi à endormir la méfiance du père Roucas et acquérir le champ des roches, ce qui avait été une prouesse. Lisa savait aussi que Pierre voulait être aimé pour lui-même et non pour son argent, aussi prit-elle soin d'éviter toute allusion au trésor. Et progressivement, au fil de leurs rencontres, à midi à l'ombre d'un cyprès ou le soir au clair de lune, elle se laissa attendrir par la douceur et la désarmante simplicité du jeune homme.

Pierre sentit ce changement dans le cœur de la jeune fille et abandonna peu à peu ses dernières défenses.

Une fin d'après-midi, après une des premières chaudes journées d'été, ils furent surpris par l'orage alors qu'ils gardaient les bêtes aux pâturages. Ils se réfugièrent en toute hâte dans un minuscule abri de berger. Lisa se serra, trempée, contre Pierre. Le jeune homme ne relâcha pas l'étreinte. Après de longues minutes blottis en silence l'un contre l'autre, Pierre défit lentement les boutons du corsage humide, sous lequel les seins de Lisa pointaient leurs mamelons. Il étendit la jeune fille sur le sol tapissé de grandes herbes séchées et ils firent l'amour. Lisa lui apprit à contenir son désir et il se laissa entraîner par la vague dans laquelle la jeune fille fut progressivement emportée. Pierre ressentit une joie aussi pleine que lorsqu'il contemplait dans l'aube brumeuse un rayon de lumière déchirant le ciel. Touchée par l'intensité de son amour, Lisa entortillait avec tendresse ses longues mèches autour de ses doigts effilés. Elle se dit que même si cette histoire de trésor n'était qu'un songe, elle resterait sans doute attachée à lui.

Depuis ce jour, ils passèrent de plus en plus de temps l'un avec l'autre. Mais ils ne dormaient jamais ensemble. Non pas du fait des parents de Lisa, qui auraient fermé les yeux avec jubilation sur les escapades nocturnes de leur fille avec Pierre, mais parce que celui-ci s'opposa toujours à ce qu'elle reste dormir avec lui au champ des roches. Lisa comprit qu'elle n'avait pas encore suffisamment gagné sa confiance pour qu'il lui révèle son secret. Elle en prit son parti et, bien qu'elle brûlât de l'interroger à ce sujet, parvint à n'en souffler mot.

Il n'en allait pas de même des villageois. Plus le temps passait et plus ils osaient aborder ouvertement avec Pierre la question qui les taraudait. Mais lui ne répondait jamais et ce silence ne fit qu'exaspérer leurs fantasmes.

Tant et si bien que, quatre mois après l'enterrement d'Émilie Morin, personne au village n'avait encore obtenu la moindre information sur ce fameux butin et Pierre semblait disposé à attendre des siècles avant de déterrer son trésor.

Une certaine lassitude, doublée d'une réelle exaspération, gagna les esprits. Quelques-uns se demandèrent s'il ne fallait pas exiger des explications du jeune homme, tandis que d'autres mettaient en doute l'existence du magot. Le village se divisa sur ce point. Au fil des semaines, le clan des sceptiques gagna du terrain, et certains villageois commencèrent à regretter d'avoir bu leurs meilleurs vins avec celui qu'ils considéraient maintenant comme un escroc.

C'est alors que l'affaire connut un incroyable rebondissement.

3

Un beau jour de juillet, vers midi, alors que les notables prenaient l'apéritif et que la conversation portait, une fois encore, sur le fameux trésor, un voyageur qui passait au village, et s'était arrêté pour remplir sa gourde à la fontaine, entendit une bribe de la discussion. Il tendit l'oreille. Honoré s'en aperçut et changea brutalement de sujet, indiquant d'un coup d'œil à ses voisins la présence de l'étranger. L'homme prit le parti de rejoindre les notables et s'adressa à eux, malgré les regards suspicieux qu'ils lui jetaient en coin :

— Pardon de vous parler si directement, messieurs, mais j'ai entendu que vous vous interrogiez sur la présence éventuelle d'un trésor enterré dans un champ.

À ces mots, ils détournèrent la tête. Seul l'instituteur affronta l'inconnu :

— Et à qui avons-nous l'honneur ?

L'homme s'excusa et se présenta :

— Alphonse Brunet. Je suis professeur d'histoire au chef-lieu de notre département et je suis actuellement en vacances non loin d'ici, chez mon frère.

— En quoi cette histoire de trésor que vous avez cru entendre vous intéresserait-elle ? reprit l'instituteur, un peu rassuré d'avoir affaire à un collègue.

— C'est curieux, continua l'étranger en s'essuyant le front avec son mouchoir, mais voyez-vous, comme je suis historien, je m'intéresse au passé de la ville et particulièrement à sa cathédrale. Or, récemment, j'ai découvert dans les archives de l'archevêché une curieuse histoire de trésor.

Ses auditeurs tendirent une chaise à l'homme, qui continua son récit :

— Cela remonte à la Révolution. La cathédrale possédait dans sa crypte un fabuleux butin, rapporté des Croisades après le sac de Constantinople, en 1204, et composé de pierres précieuses d'une inestimable valeur, de couronnes et de bracelets en or massif, de colliers de perles et de bagues serties de rubis, d'émeraudes et de diamants gros comme ce caillou.

Le cercle se resserra autour de l'homme et tous les yeux restèrent fixés sur le galet qu'il désignait sur le sol.

— Évidemment, les révolutionnaires tentèrent de s'emparer de ce trésor, continua l'historien.

— Évidemment, reprit gravement le maire, qui buvait les paroles de l'étranger comme du petit-lait.

— Et ils faillirent réussir, car ils n'hésitèrent

pas à forcer la porte de la crypte. Mais le trésor avait disparu.

— Mon Dieu ! lâcha Augustin Fouque, le forgeron.

— Pressentant l'assaut, le vicaire de la cathédrale, l'abbé Séraphin Loriou, avait pris la précaution de le retirer et l'avait provisoirement caché dans sa propre chambre à coucher. Mais sa bonne, qui était de mèche avec les révolutionnaires, lâcha la nouvelle. Le vicaire réussit malgré tout à s'enfuir à cheval, avec le trésor jeté dans deux grands sacs de toile. Il galopa toute la nuit avec une vingtaine de cavaliers à ses trousses... Pfouff... qu'est-ce qu'il fait chaud, s'interrompit l'homme en s'essuyant à nouveau le front.

— Un rosé bien frais pour notre ami ! cria le cafetier à l'intention de sa femme, qui tentait tant bien que mal de suivre le récit du voyageur de l'intérieur de la maison.

Elle se précipita avec une bouteille et en profita pour rester dehors, à portée d'oreille. Une fois désaltéré, l'homme reprit son récit :

— Au petit matin, le pauvre vicaire finit par être repris par les révolutionnaires, mais il avait eu le temps de mettre le trésor à l'abri. On lui fit subir toutes sortes de tortures pour savoir où il avait caché le butin, mais le curé mourut sans rien avouer et personne depuis lors n'a jamais retrouvé le trésor de l'archevêché.

L'instituteur rompit le profond silence qui avait suivi le récit du voyageur :

— Sait-on à peu près l'endroit où le vicaire fut repris par les cavaliers et aurait pu cacher le magot ?

— Tout près d'ici, assurément. C'est pourquoi, quand je vous ai entendus parler d'un trésor caché dans les environs, j'ai immédiatement pensé à cette histoire.

Les villageois se regardèrent, stupéfaits. Le maire reprit, avec un léger tremblement dans la voix :

— A-t-on quelques détails qui permettraient de retrouver l'endroit ?

— C'est difficile, reprit l'étranger. Selon les témoignages de l'époque, les cavaliers avaient parcouru une vingtaine de lieues vers le nord-est avant de rejoindre le vicaire, ce qui nous amène dans les environs de ce village. Le vicaire venait probablement d'enterrer son butin, car il était à pied, les mains écorchées, et avait abandonné son cheval épuisé. Je ne me souviens plus des détails, mais il me semble que son corps fut finalement retrouvé baignant dans le lit d'une rivière.

— Une rivière ! s'exclamèrent-ils en chœur.

— Oui, ou un petit cours d'eau, je ne sais plus exactement. Il faudrait que je replonge le nez dans les archives. Pendant plus de trente ans, on fouilla la région en vain. À mon avis, ce sera pur hasard si on le retrouve un jour, ce trésor. Au fait, dites-moi à votre tour à quel trésor vous faisiez allusion tout à l'heure ?

Les villageois restèrent muets. Mal à l'aise, l'instituteur finit par avouer à demi-mot :

— Depuis quelques mois la rumeur court qu'un jeune homme aurait pu découvrir un trésor dans un champ non loin d'ici. Mais nul n'a jamais rien vu et nous disions justement qu'il est fort probable que cette histoire n'ait aucun fondement et soit née de l'imagination des vieilles femmes du village.

— C'est fort probable, en effet, acquiesça l'historien. Mais sait-on jamais ! Maintenant que vous connaissez l'histoire du trésor de la cathédrale, soyez vigilants si un jour le socle de votre charrue heurte un drôle d'objet enfoui sous terre, s'esclaffa-t-il en remettant son chapeau.

Les notables tentèrent de sourire à la plaisanterie, mais ils avaient tous la tête au champ des roches.

— De toute façon, il faudra partager le trésor avec l'évêché à qui il appartient toujours, ajouta le voyageur.

— Est-il possible de se rendre à la cathédrale pour consulter ces fameuses archives ? demanda encore l'instituteur à l'étranger qui faisait mine de se lever.

— Ah non ! Seul un historien comme moi, avec des autorisations spéciales, ou à la rigueur un ecclésiastique, peut y avoir accès. Mais l'Église n'aime pas trop que des curieux viennent fouiner dans ses papiers de famille.

— Nous avons trop abusé de votre temps, reprit le maire avec cordialité en aidant l'homme à se lever. Vous devez encore avoir un bout de chemin à faire. Vous nous avez en

tout cas bien distraits avec cette rocambolesque histoire. Au plaisir de vous revoir, monsieur...

— Brunet, Alphonse Brunet. Allez, bonsoir
à tous... et bonne chasse...

— Pardon ? reprit Firmin Jouan, interloqué.

— Bonne chasse... bonne chasse au trésor !
lança joyeusement le voyageur en s'éloignant.

— C'est ça... bonne route... cria le maire,
soulagé de voir l'homme disparaître.

Il se retourna vers ses compagnons et
ajouta :

— Gardons cela pour nous. Une telle nouvelle risquerait de créer du trouble dans le
village.

— Ma femme a tout entendu, reprit le cafetier, un peu gêné.

— Dis-lui de bien garder sa langue, si elle
veut peut-être un jour voir la couleur de l'or,
répondit simplement le premier magistrat du
village.

Puis il se tourna vers l'instituteur, qui était
jusqu'à présent le plus sceptique de tous sur
l'existence du trésor :

— Eh bien, que pensez-vous de tout cela,
mon ami ?

Dans un premier temps, Paul Austan avait
été fort surpris par les révélations du voyageur.
Cependant, devant la fabuleuse description que
fit l'homme du trésor de la cathédrale, il se
demanda si Pierre n'avait pas tout simplement
été séduit par la beauté pure de ces joyaux. Le
jeune homme lui semblait tout à fait capable

de garder caché un tel magot dans le simple but d'en contempler la beauté, sans jamais se séparer d'une seule pièce d'or pour améliorer son ordinaire. Alors il se rallia à la certitude des autres villageois quant à l'existence du butin. Il hésitait davantage sur l'attitude à adopter vis-à-vis de Pierre. Il savait que les notables ne reculeraient maintenant devant aucun moyen pour récupérer le magot. Il se dit finalement qu'il valait mieux, afin d'éviter toute dérive, qu'il se joigne aux autres pour convaincre le jeune homme de parler. Il pensa aussi qu'un seul de ces joyaux lui permettrait de quitter à jamais ce village, de se constituer une somptueuse bibliothèque et de consacrer la fin de son existence à étudier la philosophie. Après un long silence, il répondit à la question du maire : « Je crois, mes amis, qu'il faut une fois pour toutes en finir avec cette insupportable attente et convaincre Pierre Morin de déterrer et partager son trésor. » Tous acquiescèrent gravement et élaborèrent une tactique pour amener Pierre à leur livrer son secret. Il fallait d'abord mettre l'abbé Lucien Sève dans la confidence et tenter de convaincre le prêtre de consulter les archives de l'évêché.

4

L'abbé n'avait pas oublié ce déjeuner mémorable chez le maire. Aussi manifesta-t-il de la mauvaise volonté à entrer dans la combine imaginée par les notables pour récupérer au moins une partie du trésor. Il fut néanmoins flatté qu'on eût besoin de lui et sensible à l'argument employé par Honoré Fontin : jamais le toit de l'église ne serait réparé en temps voulu si on ne donnait pas un petit coup de pouce au destin. Il finit par se ranger au projet des conjurés, même si l'idée de partager un bien d'Église avec ces misérables le révulsait. Le plan était simple. Il s'agissait d'abord que l'abbé obtienne de l'évêché la permission de consulter les archives afin de vérifier si les dires d'Alphonse Brunet étaient fondés. Il lui faudrait aussi recueillir le maximum d'informations sur le contenu du trésor et sur l'endroit où on avait retrouvé le corps du vicaire. Une fois ces renseignements obtenus, deux hypothèses étaient envisagées. Soit les indices étaient suffisants pour tenter de retrouver le trésor dans le champ des roches, soit, ce qui était plus probable, ils confronteraient Pierre Morin à la vérité. En lui dévoilant brutalement l'origine du trésor et son contenu, ils espéraient ainsi faire peur au jeune homme, puis lui dire qu'il était obligé de restituer l'intégralité du magot à l'évêché... à moins d'accepter de partager avec eux.

L'abbé Lucien Sève envoya une belle lettre à l'archevêque, expliquant qu'il s'était lancé dans des recherches sur l'histoire de sa paroisse au siècle dernier et désirait avoir accès aux archives du diocèse. Moins de quinze jours plus tard, il reçut une réponse positive du vicaire général. Les notables se cotisèrent pour lui payer ses frais de voyage. Il resta quatre jours à la ville et revint au village dans un état de grande excitation. Le soir même, les sept conjurés se réunirent en grand secret au presbytère. L'abbé déboucha une bonne bouteille, attendit que tout le monde se tût et s'apprêta à prendre solennellement la parole. Depuis un quart de siècle qu'il était prêtre, jamais il n'avait senti un auditoire aussi attentif. Il en ressentit une jouissance extrême et se dit que cet état devait être proche de ce que les mystiques appelaient l'extase.

— Mes amis, je tiens à vous dire tout d'abord combien il me fallut user d'intelligence et de persuasion pour parvenir aux fameux documents, affirma-t-il avec gravité pour faire durer un peu plus longtemps l'attente des notables. Les archives concernant la paroisse pour lesquelles j'avais une autorisation étaient en effet classées dans un autre lieu que celles de la cathédrale.

— Venons-en aux faits, l'interrompit le maire avec agacement.

— Eh bien, reprit tranquillement l'abbé sans se démonter, figurez-vous que j'eus finalement accès aux documents grâce à un cousin de ma belle-sœur, que connaissait par bonheur le vieux prêtre bibliothécaire qui produisit jadis quelques excellents ouvrages, fort appréciés des ecclésiastiques, sur les infusions qui soignent certains maux de ventre...

— Ne nous faites pas languir davantage, le pressa Honoré Fontin, exaspéré par le petit manège du prêtre.

— Mon bien cher fils, reprit l'abbé, sachez que la patience est une vertu vantée même par les philosophes païens. Toujours est-il que j'ai pu vérifier les propos d'Alphonse Brunet : tout est absolument juste et s'est déroulé exactement comme il le raconta.

— Bonté divine ! s'exclama le cafetier qui n'osait pas encore prêter totalement crédit à cette histoire.

— Avez-vous recueilli d'autres informations plus précises ? s'inquiéta l'instituteur.

— J'y viens, j'y viens. En fait, il y a peu à ajouter au récit de l'historien. Les témoignages recueillis à l'époque permettent de circonscrire assez précisément la zone où le vicaire fut repris par les révolutionnaires. C'était en effet à quelques lieues autour de ce village, en pleine campagne, au bord d'une rivière ou d'un cours d'eau. Cela permet de supposer qu'il s'agissait du ruisseau qui coule au bas du champ des roches. Malheureusement, aucun détail ne permet de savoir à quelle hauteur du cours d'eau le vicaire aurait pu enterrer le magot, sans compter qu'il eût pu le faire ailleurs peu avant d'être repris.

— Nous ne sommes guère plus avancés, marmonna l'adjudant Isidore Lambert.

— Nous sommes au moins certains de l'histoire, corrigea l'abbé qui tenait à souligner l'importance de son intervention en vue du partage futur.

— Et qu'avez-vous appris sur le trésor lui-même ? s'inquiéta le forgeron.

— En fait, il fut accumulé par la Sainte Église au fil des siècles, mais l'essentiel provient du legs d'un riche fidèle mort sans descendance, le comte Jules de Roumillac, qui le rapporta des Croisades au début du XIIIᵉ siècle.

— On se fiche de votre comte, s'impatienta à nouveau le maire. Avez-vous appris quelque chose sur le contenu exact du butin ?

L'abbé attendait cette question et avait bien préparé sa mise en scène. Il ne répondit pas tout de suite et sortit de son tiroir une grande feuille qu'il déplia lentement.

— J'ai pu recopier la liste complète du trésor emporté par l'héroïque vicaire Loriou.

Comme s'ils allaient entrevoir l'or lui-même, les conspirateurs se dressèrent d'un bond pour voir le papier. L'abbé stoppa net leur élan d'un geste autoritaire :

— Restez à vos places, mes amis, je vais vous lire l'inventaire du trésor de la cathédrale.

Il se leva posément, se recueillit quelques instants, comme il en avait l'habitude avant ses sermons, se racla la gorge, jaugea son auditoire du regard, et commença sa lecture. Jamais aucune parole biblique n'avait suscité un tel effet sur ses ouailles. L'oreille tendue, les yeux exorbités, les mains tremblantes, les notables buvaient chaque parole du prêtre comme un nectar divin. Le descriptif des délices du paradis ne leur eût sans doute pas procuré une sensation aussi puissante que celle qu'ils goûtaient maintenant.

Quand l'abbé eut fini, un silence profond tomba sur la petite assistance. Le cantonnier ferma les yeux pour mieux savourer ce moment magique. Le forgeron, pourtant dur à émouvoir, avait les yeux humides. L'abbé resta debout, les mains jointes sous son menton, comme absorbé dans une profonde oraison.

Le cafetier finit par rompre le charme :

— Il ne nous reste plus qu'à mettre à exécution la deuxième partie de notre plan, à savoir confronter Pierre Morin à la vérité des faits et l'obliger à partager le butin.

Le maire poussa un lourd soupir :

— Je commence assez à connaître l'oiseau pour savoir que ce ne sera pas chose facile. Il faudra vraiment qu'il ait la peur du gendarme pour avouer quelque chose.

— J'en fais mon affaire, affirma l'adjudant avec conviction. Jadis j'en ai fait céder de sacrément plus coriaces que ce jeune rêveur.

— N'employons aucune méthode que réprouverait la morale chrétienne, s'offusqua l'abbé.

— Il suffit de le convaincre gentiment qu'il n'a d'autre choix que de partager le trésor, sous peine que le magot soit saisi par les gendarmes pour être remis à l'évêché, reprit l'instituteur. Demandons à l'abbé de le convier demain après le souper, ici même, et laissez-moi lui parler.

Tous se rangèrent à la proposition de Paul Austan et ils se séparèrent.

Cette nuit-là, aucun d'entre eux ne trouva le sommeil.

5

La dernière fois que l'abbé Lucien Sève avait passé une nuit blanche, c'était la veille de son ordination sacerdotale. Il se sentait à présent dans le même état d'agitation et d'exaltation qui précède un grand événement devant marquer une vie entière. Son bonheur fut cependant quelque peu gâché par une sourde mauvaise conscience, dont il ne parvenait pas à se défaire. Il ne savait d'ailleurs pas trop ce qui le perturbait vraiment, aussi décida-t-il avec courage de se livrer à un examen de conscience en bonne et due forme, ce qui ne lui était pas arrivé depuis belle lurette.

Déplairait-il au Seigneur que l'un de ses serviteurs s'inquiète autant de récupérer un trésor ? Le prêtre se rassura en pensant qu'une part de l'argent servirait à réparer le toit de la maison de Dieu. Était-il injuste de léser Pierre Morin d'une partie de son butin ? Assurément non, se dit l'abbé. Ce trésor avait patiemment été rassemblé au cours des siècles par la Sainte Église et il serait parfaitement immoral qu'il soit dilapidé en quelques années par un seul individu. Était-il en revanche immoral de mentir à Pierre pour obtenir ses aveux ? Non, se dit-il aussi, se rappelant ses cours de théologie, où on lui avait enseigné qu'il était parfois nécessaire d'user de « moyens habiles » pour obtenir une fin bonne. Il se demanda enfin s'il était juste de partager ce trésor en parts égales entre Pierre, les notables et lui-même. Voilà le problème, se dit-il après réflexion. Car il n'y a aucune raison que les notables aient une part du magot. En toute justice, celui-ci appartient pour moitié à celui qui l'a découvert et au propriétaire actuel du champ, en l'occurrence Pierre, et pour moitié à son propriétaire légitime, à savoir l'Église, dont il était l'humble représentant. Il s'était quelque temps commis avec les notables pour faire avancer les choses, mais, après tout, il n'était pas obligé de continuer à rouler pour ces mécréants. Il lui suffirait de parler à Pierre en tête à tête dans la journée afin de recueillir son secret, puis de mettre en garde le jeune homme contre la réunion du soir et de partager ensuite le trésor avec lui. Cette solution présentait cependant un inconvénient majeur : il se mettrait tout le village à dos. Il se dit alors que l'évêque n'oublierait pas de remercier comme il se doit un prêtre aussi exemplaire et le muterait certainement en ville. Peut-être même serait-il nommé vicaire à la cathédrale, ce qui serait une juste récompense pour un tel service. Si cette pensée ne lui procura pas davantage le sommeil, il retrouva au moins la paix de l'âme.

Sitôt sa messe et son petit déjeuner achevés, il alla trouver Pierre au champ des roches. Ce dernier y demeurait généralement jusque vers huit heures, puis partait travailler au champ. Contrairement à ses paroissiens, l'abbé ne s'était pas rendu sur place depuis les derniers événements. Il songea qu'il n'était d'ailleurs venu au champ des roches que la nuit où l'on avait retrouvé Pierre blessé, il y avait un an jour pour jour, et cette coïncidence le frappa. Récitant son chapelet, il emprunta le petit sentier qui monte au-dessus du village vers le vallon sauvage. Arrivé au bout du chemin, il aperçut la palissade qui bloquait l'accès au champ. Il constata qu'il était en effet difficile de la contourner, car elle était ceinte de talus couverts d'épineux et de bois touffus. Il poussa la porte, qui n'était pas close, et aperçut à une cinquantaine de mètres le grand chêne ainsi que la cabane de Pierre.

Au désespoir de l'abbé, qui se dit qu'il avait fait tout ce chemin pour rien, il constata que le jeune homme n'était pas chez lui. Il se retourna et scruta la vigne qui descendait en pente douce jusque vers la rivière bordée d'arbres. Il pensa que le jeune homme était peut-être en train de se laver au bord de l'eau et il commença à descendre le champ en friche, écartant les obstacles d'une main, soulevant sa soutane de l'autre. Parvenu au cairn géant, il eut l'idée de gravir les rochers pour mieux observer les lieux. Il fut saisi par la densité de la forêt qui entourait la rivière, tant de l'autre côté de la rive qu'en amont ou en aval. Il se dit que jadis il eût été bien facile au vicaire d'enfouir le butin au pied de n'importe quel arbre. Il aperçut Pierre au bord de l'eau. Mais sa joie fut de courte durée, car il constata que le jeune homme n'était pas seul. De loin, il lui sembla distinguer la silhouette d'une femme. Il réalisa soudain qu'ils étaient tous les deux nus et s'ébrouaient dans l'eau, comme des enfants.

Pour la première fois depuis qu'il était installé dans son abri du champ des roches, Pierre avait accepté que Lisa passât la nuit avec lui. Il avait cependant posé une étrange condition : il annonça à la jeune fille qu'il s'absenterait environ une heure le lendemain matin à l'aube et lui fit promettre de rester dans la cabane jusqu'à ce qu'il revienne. Lisa n'y trouva rien à redire et, trop heureuse de passer enfin une nuit entière avec son ami, elle promit sans demander d'explication. Allongés sur l'herbe en se tenant la main, ils avaient longuement contemplé le ciel étoilé. Vers le milieu de la nuit, ils s'étaient réfugiés dans la cabane où ils avaient dormi quelques heures.

Aux premières lueurs de l'aube, Pierre bondit sur ses pieds. Il enfila un pantalon, une chemise et ses chaussures, s'assura que Lisa dormait profondément et sortit discrètement de la cabane. La jeune fille faisait semblant de dormir. Quelques minutes après le départ de Pierre, elle s'enveloppa dans une couverture et ne put s'empêcher de jeter un coup d'œil dehors. Elle aperçut seulement l'ombre du jeune homme dévaler le champ vers la rivière et il lui sembla qu'il s'asseyait au pied du grand saule pleureur. Elle ne put voir plus précisément ce qu'il y faisait. Elle se douta qu'il était allé sortir le trésor de sa cachette et mourait d'envie de se rapprocher, mais elle eut trop peur d'être découverte. Elle rentra dans la cabane. Dès que le soleil fut haut dans le ciel, Pierre revint et se glissa contre son amie. Elle fut saisie par l'étonnante lueur qui éclairait son regard et se demanda quels fabuleux joyaux il avait pu contempler.

L'abbé fut d'autant plus exaspéré qu'il commençait à mieux distinguer le corps des jeunes amants qui sortaient maintenant de la rivière pour se sécher au soleil. Récitant deux fois plus vite son chapelet, il remonta à la cabane et attendit leur retour. Lisa fut stupéfaite de tomber nez à nez avec son confesseur et piqua un fard. Avant même qu'ils pussent ouvrir la bouche, l'abbé fondit sur Pierre.

— Je dois te parler d'une affaire de la plus haute importance, dit-il au jeune homme en l'entraînant à part.

— Quand ?

— Maintenant.

— Maintenant... mais je dois aller aux champs...

— Les champs attendront. Renvoie la fille du maire chez elle et restons bavarder ici. Ce que j'ai à te dire est capital.

Pierre fut impressionné par le ton impérieux du prêtre et raccompagna Lisa au portail. La jeune fille se dit que le prêtre était venu sermonner Pierre à cause de leur liaison. Elle ne demanda pas mieux que de rentrer au village. Dès qu'il revint, l'abbé regarda Pierre droit dans les yeux :

— Je sais tout.

Pierre crut qu'il parlait de sa relation charnelle avec Lisa.

— Ah, fit le jeune homme, un peu mal à l'aise.

Encouragé par ce demi-aveu, l'abbé poursuivit :

— Je peux te faire l'inventaire complet de tout ce que tu as découvert.

Pierre songea d'abord aux charmes intimes de la jeune fille, puis il se dit qu'il était impossible qu'elle ait couché avec l'abbé.

— Mais de quoi parlez-vous ? répondit-il, perplexe.

— Tu sais très bien de quoi je parle. Eh bien, figure-toi que ce que tu as découvert est un bien d'Église.

Pierre fut alors définitivement convaincu qu'il parlait de tout autre chose.

— Enfin, me direz-vous de quoi vous parlez !

Comme prévu, l'abbé lui raconta sa visite à l'évêché. Il lui détailla le trésor, sans omettre la moindre pièce d'or, et finit par lui proposer un partage en deux parts égales. L'air songeur, Pierre écouta le prêtre sans mot dire. Puis il répondit simplement :

— Je sais que vous êtes tous persuadés que j'ai découvert un trésor, mais il n'en est rien.

L'abbé eut le souffle coupé par tant de culot.

— Puisque je te dis que je suis au courant de tout, hurla le curé hors de lui. J'ai vu, de mes yeux vu, les archives de l'archevêché.

— Je veux bien le croire, répondit Pierre calmement. Mais je n'ai rien à voir avec ce trésor de la cathédrale.

Le prêtre ne sut plus à quel saint se vouer. Ou le jeune homme mentait à merveille, ou tous ces événements étaient d'une totale absurdité.

— Pourquoi as-tu échangé la maison contre ce champ, si ce n'est parce que tu y as trouvé le trésor de la cathédrale ? Pourquoi en as-tu interdit l'accès à quiconque et y passes-tu toutes tes nuits, si ce n'est pour veiller dessus ?

— C'est vrai que j'ai un secret, avoua Pierre. Mais cela n'a rien à voir avec cette histoire de trésor.

L'abbé leva les bras au ciel.

— Mon Dieu ! Écoute-moi, lui dit encore le prêtre qui tentait de se ressaisir. Les notables sont au courant de tout. Je vais leur dire que je t'ai parlé et que tu refuses d'avouer. Ne va pas leur raconter que je t'ai proposé un marché entre nous deux seulement. Ne leur dis rien d'autre que ce que tu m'as dit. Mais sache que, eux, ne reculeront devant aucun moyen pour obtenir la vérité. Réfléchis bien. Selon la loi, cet argent appartient pour moitié à toi et pour moitié à l'Église. Ne te mets pas hors la loi, car tu seras un jour ou l'autre pris par les gendarmes et mis en prison. Et je ne parle pas de la loi divine qui te poursuivra partout. Alors confie-moi ton secret tant qu'il est encore temps.

Pierre resta silencieux et l'abbé quitta le champ des roches, décomposé par la colère. Il se rendit directement au café où étaient rassemblés quelques-uns de ses complices. Il leur confia sa version des événements, affirmant que Pierre avait refusé de se rendre ce soir au presbytère et, devant la méfiance du jeune homme, qu'il avait dû appliquer précipitamment leur plan. En vain, car Pierre avait nié l'évidence et refusait de parler avec quiconque du trésor. Ils furent fort dépités et ne savaient s'ils devaient en vouloir davantage à Pierre ou au curé, qui avait lamentablement fait échouer leur belle stratégie. L'abbé s'esquiva, prétextant une visite à un malade. Ils concentrèrent alors leur dépit contre le jeune homme et prirent une grave résolution : ce soir même, ils se rendraient secrètement au champ des roches et on verrait bien si le fils de la veuve continuait à nier.

6

À minuit précis, Honoré Fontin, Paul Austan, Jacques Farnet, Firmin Jouan, Augustin Fouque et Isidore Lambert prennent discrètement le chemin du champ des roches. Pierre dort seul dans sa cabane. Ils le réveillent brusquement, allument une lanterne et font face au jeune homme qui se rappelle avec angoisse les paroles de l'abbé. Il décide de faire face.

— Que venez-vous faire ici à cette heure, comme des bandits ?

— Holà ! Tout doux, mon jeune ami, répond Honoré. Regarde, nous sommes venus partager quelques bonnes bouteilles avec toi.

Pierre s'aperçoit que chacun a emporté une bouteille de vinasse.

— Je n'ai aucune envie de trinquer. Que me voulez-vous ?

— Tu ne devrais pas le prendre ainsi, mon ami, continue le maire sur un ton faussement cordial. Nous allons parler tranquillement d'un trésor que tu as découvert l'été dernier, ici même. L'abbé t'a expliqué que nous sommes au courant de l'origine exacte du butin. Il a dû te dire aussi que tu dois le restituer, car il ne t'appartient pas. Alors on vient gentiment te proposer de partager le magot en échange de notre silence. Tu vois, il n'y a pas de quoi s'affoler.

— J'ai déjà dit à l'abbé que je n'ai rien à voir avec cette histoire de trésor. Vous êtes tous persuadés que j'ai trouvé une fortune parce que j'aime cet endroit plus que tout. Vous vous trompez sur mon compte. L'or est sans valeur pour moi.

— Bien sûr, reprend le cafetier. Tu as troqué une maison richement meublée pour contempler tous les soirs le soleil se coucher sur ce tas de cailloux.

Pierre baisse les yeux et reste silencieux.

— Tu nous prends pour des idiots, s'enflamme le cantonnier.

L'instituteur intervient pour que les choses ne dégénèrent pas.

— Allons, Pierre, rien ne sert de nous mentir plus longtemps. Je te promets que nous partagerons équitablement le trésor et que tu pourras choisir de garder les plus beaux bijoux.

— Je n'ai jamais découvert la moindre pièce d'or, le moindre objet de valeur.

— Alors qu'as-tu déniché de si précieux à tes yeux ? reprend doucement l'instituteur.

Le visage de Pierre se ferme.

— Je ne peux vous le dire.

— Qu'est-ce donc qui pourrait avoir plus de valeur qu'une superbe bastide et douze hectares de terres ? s'exaspère à nouveau le cafetier.

Une nouvelle fois, Pierre baisse la tête et reste silencieux. Les villageois comprennent qu'il n'en dira pas plus. L'adjudant sort une corde et attache Pierre à une poutre de la cabane. Le jeune homme ne cherche pas à résister. Le maire débouche une bouteille et commence à la déverser dans la bouche du garçon, tandis que le forgeron et le cafetier lui tiennent fermement la tête en arrière en lui bouchant les narines. Pierre comprend qu'ils vont tenter de l'enivrer pour le faire parler. Il a un sursaut de désespoir et pousse un cri si puissant que tous restent pétrifiés. Puis il leur crache à la face :

— Vous ne vivez que pour l'argent. Vous vendriez vos filles pour de l'argent. L'argent est le seul dieu que vous adorez. Laissez-moi vivre en paix avec mon secret. Il ne vous rapportera pas un centime.

L'instituteur est ébranlé par ces paroles et recommence à douter de la réalité du trésor. Le maire s'en aperçoit et ressaisit ses troupes :

— Allons, finissons-en pour savoir une bonne fois ce que ce gredin nous cache.

Les comparses reprennent leur sinistre besogne.

À la deuxième bouteille engloutie de force, Pierre commence à montrer des signes d'ivresse. Ils questionnent à nouveau le jeune homme. Ce dernier balbutie quelques phrases incompréhensibles. Puis il dit plus clairement :

— Je vous dirai jamais... que mon trésor... il est au pied du grand saule pleureur... et que je le vois chaque matin...

Il n'en faut pas plus aux villageois. Ils abandonnent Pierre attaché à la poutre, ramassent les pelles et les pioches qu'ils avaient laissées à l'entrée du champ et descendent jusqu'à la rivière. Ils arrivent devant le grand saule et se mettent immédiatement à l'ouvrage.

Au bout de trois heures d'efforts acharnés, ils sont parvenus à déraciner l'arbre centenaire et à creuser un trou de plus d'un mètre de profondeur sur six ou sept mètres de diamètre. Mais à leur grand désespoir, ils ne trouvent aucune trace du trésor.

— Et s'il nous avait encore raconté des histoires ? lâche le forgeron en essuyant la sueur qui dégouline sur son front.

— Il n'était assurément pas lucide quand il a parlé d'un trésor au pied du saule, reprend l'instituteur tout aussi découragé.

Il n'a pas fini sa phrase qu'ils aperçoivent Pierre déboulant la pente vers eux.

Après avoir cuvé son vin, le jeune homme s'était réveillé allongé sur son lit. La muette lui griffait le visage pour l'aider à reprendre connaissance. Passé le premier instant de stupeur, il réalisa que la fillette l'avait libéré de ses liens et traîné jusqu'à sa paillasse. Elle avait le regard terrorisé et lui indiquait du doigt la direction de la rivière. Pierre bondit hors de la cabane. Il vit que le jour était sur le point de se lever. Comme souvent à cette période, une brume profonde envahissait le fond du vallon.

Bien qu'il titubât encore, il s'élança en bas du champ.

Parvenu à hauteur des villageois, Pierre s'arrête net, stupéfait de voir le grand arbre à terre. Puis il se jette sur le maire, qui lui fait face, en hurlant :

— Qu'avez-vous fait ! Qu'avez-vous fait ! Vous êtes fous !

— C'est toi qui es fou ou bien qui nous mens comme un diable ! tempête à son tour Honoré Fontin, se saisissant du jeune homme.

Il le secoue violemment :

— Où est le trésor, petit salaud ? Hein ! Tu voudrais coucher avec nos filles et garder l'or pour toi tout seul !

Le cafetier s'en mêle et serre Pierre par le col :

— C'est vrai, ça, tu étais bien content de la tripoter, la Pauline. Et ta cabane, tu étais bien heureux que je te la construise pour surveiller ton trésor. Tu sais combien elle m'a coûté ? Hein ! Non, ça tu t'en fiches ! Alors maintenant crache la vérité.

N'y tenant plus, la muette, qui avait suivi Pierre, se jette sur l'homme et le mord férocement au bras. Le cafetier pousse un cri terrible, mais le forgeron et l'adjudant parviennent, non sans mal, à s'emparer de la fillette en furie.

— D'où sort-elle celle-là ? s'exclame le maire stupéfait.

— Elle suit tout le temps le fils de la veuve. M'étonnerait pas qu'elle sache où est caché le

149

magot, répond le forgeron tenant fermement la muette face contre sol.

— Dommage qu'elle parle pas, parce que je me serais fait un plaisir de la taquiner, reprend l'adjudant en soulevant la jupe de la fillette avec le manche de la pioche.

— Laissez-la, lâche fermement l'instituteur voyant que les choses s'enveniment. Elle ne nous apprendra rien. Toi, tiens-la bien, dit-il au forgeron, en se dirigeant vers Pierre.

Puis, il murmure à l'oreille du jeune homme :

— Pierre, il est temps de nous dire la vérité, tu vois bien que tout cela va mal finir...

— Y a pas de trésor..., balbutie Pierre.

Hors de lui, le maire se jette sur le garçon et le projette à deux bons mètres. Pierre tombe en arrière et roule sur la terre. L'instituteur se précipite sur Honoré.

— Ça suffit, vous êtes devenu fou ! Partons maintenant.

— Mon Dieu, regardez, on l'a tué, lance le forgeron en pointant du doigt le jeune homme inanimé.

En tombant, Pierre a violemment heurté un caillou avec sa tête. Un filet de sang coule de son crâne ouvert, un autre par ses narines. Les six hommes restent muets, fixant le visage inerte de Pierre. La nature entière semble aussi s'être tue.

Les premières lueurs de l'aube paraissent.

Derrière la brume, un cri stupéfiant retentit. Tous sont figés d'effroi. Ils entendent des branches craquer et sentent une mystérieuse présence venir vers eux. Ils voudraient prendre leurs jambes à leur cou, mais restent cloués sur place. Aux craquements du sol se mêle maintenant un sourd grondement continu qui ne fait qu'accroître leur angoisse. L'épaisseur de la brume dissimule encore la chose étrange qui semble inexorablement se rapprocher. « Mon Dieu », souffle le cantonnier, ne sachant comment se libérer de la peur qui lui serre les entrailles. « Regardez ! lance soudain Honoré. On aperçoit des lumières. » À une vingtaine de mètres, de l'autre côté de la rivière, ils distinguent une dizaine de petites lueurs jaunes qui progressent vers eux. Terrifiés, ils reculent. « Des yeux... on dirait des yeux de... » Firmin Jouan est interrompu par un nouveau hurlement qui glace le sang des villageois. Le hurlement d'un animal qui a longtemps hanté la mémoire des hommes. « Des loups ! » s'exclame le cafetier pétrifié.

Dans l'éclat du jour naissant, les hommes distinguent maintenant la silhouette de quatre ou cinq loups, qui avancent lentement vers eux, tous crocs dehors. « Des loups, ici, c'est impossible », tente de se convaincre l'instituteur, jusqu'alors persuadé que les derniers spécimens rôdant encore dans la région avaient été exterminés une cinquantaine d'années auparavant.

La meute continue sa progression. Les hommes voient maintenant clairement les pupilles jaunes, éclatantes des bêtes qui s'apprêtent à fondre sur eux. « Arrière », hurle le maire en agitant une pelle, stoppant pour quelques instants la marche des loups. Les villageois se ressaisissent et, empoignant chacun un outil, ils reculent lentement. Parvenus à une distance raisonnable, ils s'enfuient à toutes jambes, abandonnant aux loups Pierre et la muette.

Après avoir parcouru quelques centaines de mètres, ils entendent un cri sauvage, une sorte de hurlement à la mort lancé par l'une des bêtes, et repris en chœur par ses compères. Paul Austan est étreint par un puissant remords. « Non, se dit-il, on ne peut laisser ces enfants se faire dévorer par ces bêtes féroces. » Dominant sa peur, il rebrousse chemin, serrant fermement une pioche. Essoufflé, il parvient à une cinquantaine de mètres du corps toujours inanimé de Pierre. Avec effroi, il voit la meute s'avancer à quelques pas du jeune homme et de la fillette, qui reste immobile. À la tête du clan, une magnifique louve grise semble commander les autres bêtes.

La louve passe devant la muette et s'approche seule du garçon étendu en sang sur le sol. Elle renifle Pierre. Puis commence à lécher doucement ses blessures. Les autres loups entourent Pierre et la fillette, scrutant l'horizon, comme pour s'assurer que les villageois ne reviendront pas menacer les deux amis.

Le cœur de l'instituteur s'ouvre enfin. Deux grosses larmes coulent sur ses joues burinées.

« L'homme est un loup pour l'homme... » se murmure-t-il à lui-même.

7

Les yeux grands ouverts tournés vers la cime des arbres, Pierre est plongé dans un état semi-conscient. Tandis que l'animal lèche lentement sa plaie, il revoit comme en songe cette première nuit passée au champ des roches, il y a tout juste un an, et qui a tout déclenché. Il se revoit heurter une souche, tandis qu'il courait vers la rivière, puis perdre connaissance. Il se souvient de son réveil, alors que les premiers rayons du soleil caressaient son visage. Ce qu'il aperçut l'a saisi dans tout son être. Tandis que la brume se levait, à une trentaine de mètres de lui, en face du vieux saule, une louve et ses trois louveteaux s'ébrouaient dans l'eau.

Il avait entendu maints récits sur la cruauté des loups. Aussi sa raison lui ordonnait-elle de fuir au plus vite. Mais son cœur lui disait qu'il n'avait rien à craindre de ces animaux qui glapissaient joyeusement dans la lumière douce de l'aurore.

Il resta allongé sans bouger une heure durant. Après s'être longuement léchés, les loups repartirent vers la forêt, de l'autre côté de la rivière. Pierre demeura là, sidéré, se demandant s'il n'avait pas rêvé...

Le lendemain, à l'aube naissante, les loups réapparurent. Pierre sentit un tremblement dans tout son être. Un flot de joie coula dans son cœur. Dès lors, rien ne lui sembla plus précieux que ce rituel de la vie sauvage auquel il assistait. Son esprit resta suspendu comme hors de lui, dans un bonheur indéfinissable. Il était toujours dans cet état lorsqu'on le retrouva le soir du deuxième jour. Par la suite, en prenant maintes précautions pour ne pas être vu des bêtes, il constata que les loups venaient chaque matin, à l'aurore, boire et jouer à la rivière.

Il se dit qu'il fallait cacher à tout prix cette découverte aux habitants du village qui, par peur, tenteraient immédiatement de tuer les bêtes. Aussi décida-t-il d'acquérir le champ pour qu'aucun villageois ne découvre la présence des loups et garda-t-il jalousement son secret. Il savait pourtant qu'une autre personne le partageait : la muette. La fillette avait assisté à la scène le matin du 8 août et Pierre comprit qu'elle avait déjà repéré la présence des loups.

Au fil des mois, il ne put s'empêcher de se rapprocher davantage de la meute. Un jour, il vit la louve se retourner alors que ses petits étaient déjà repartis dans la forêt. Elle regarda droit vers lui. Il distingua même le jaune de ses pupilles. Elle semblait lui dire : « Depuis le premier jour, je sens que tu es là. Mais je n'ai pas peur. Je sais que tu es notre ami. Sache aussi que tu n'as rien à craindre de nous. » Puis elle repartit lentement. Le lendemain, Pierre ne prit plus aucune précaution pour se cacher. Il s'assit sur le talus à une vingtaine de mètres du vieux saule. Lorsqu'elle arriva, la louve le scruta, puis elle laissa ses louveteaux aller jusqu'à la rivière. Dès qu'ils aperçurent Pierre, ceux-ci se raidirent, mais l'attitude nonchalante de leur mère les rassura et ils se firent ainsi à la présence du jeune homme et de la muette.

Pierre resta toujours à cette distance des loups et ne tenta jamais de les approcher davantage. Il lui suffisait de les observer et de communiquer avec eux par le regard.

Les louveteaux grandirent rapidement. Ils vinrent moins souvent à la rivière. Lorsqu'il acquit le champ, Pierre se rendit chaque matin, à l'aube, au pied du saule pleureur, dans l'espoir de voir apparaître ses amis. Son cœur ne faisait qu'un bond lorsqu'il les voyait sortir du bois en trottinant.

Pour Paul Austan, stoppé net dans son élan, tout s'éclaire enfin. Il s'en veut affreusement d'avoir prêté foi à cette histoire de trésor et espère de tout son être que Pierre survivra. Bien qu'il souhaite s'avancer encore, il prend la décision d'attendre que les bêtes s'éloignent.

Pierre sort peu à peu de son inconscience et

réalise la présence des loups à ses côtés. Son corps ne lui fait plus mal. Il entend au loin le sifflement des merles et goûte l'haleine chaude de la louve. La muette s'approche et prend la tête de son ami entre ses mains. Imitant l'animal, elle lèche le sang qui s'écoule de son crâne et ruisselle sur son visage.

Le jeune homme sent une joie intense l'envahir. Il éprouve un sentiment de communion avec tous ceux qu'il aime : la fillette, les loups, le soleil qui caresse son corps, les oiseaux qui ont repris leurs plus beaux chants. Il se laisse glisser dans cette plénitude.

Une pensée lui traverse l'esprit. Dans un immense effort, il tente d'ouvrir la bouche et réussit à articuler quelques mots à l'intention de la fillette : « ... Tu trouveras dans la paillasse de la cabane une bague en or... prends-la... elle te permettra peut-être un jour de partir... »

Pierre tousse, ce qui réveille sa douleur. Les loups se sont maintenant repliés de l'autre côté du ruisseau, comme pour respecter l'intimité des deux amis. En se redressant dans les bras de la muette, le jeune homme est frappé par la beauté sauvage et l'intensité des yeux vert-jaune de l'enfant. Il devine qu'elle saura se faire comprendre de leurs amis et les éloigner du village.

Il sent sa vie partir et fait un ultime effort pour parler.

— On t'appelle toujours la muette... tu dois pourtant bien avoir un nom...

156

La fillette tremble. Les événements de son enfance l'ont tellement meurtrie qu'elle avait décidé d'oublier jusqu'à son prénom. Elle promène ses yeux alentour, à la recherche d'un mot qui pourrait parler d'elle. Son regard se fixe sur le petit groupe de loups. Elle lève sa main et pointe son doigt sur eux. Pour la première fois depuis cinq ans, elle laisse un son sortir de sa bouche :

— Louve.

Pierre sourit. Il s'abandonne à nouveau à cette sensation de paix et d'unité qui semble entraîner son esprit vers d'autres rivages. Il voit une dernière fois la pointe des arbres agitée par le vent. Il goûte la chaleur des mains de Louve posées sur ses joues. Il entend encore le chant nuptial d'une mésange. Puis son âme le quitte doucement.

En le serrant de toutes ses forces contre son cœur, Louve regarde son sang qui s'écoule lentement pour rejoindre le cours du ruisseau, une large rivière, un fleuve immense et se fondre dans les océans infinis.

« Où est ton trésor, là aussi sera ton cœur. »
MATTHIEU, 6, 21

PAPIER À BASE DE
FIBRES CERTIFIÉES

Le Livre de Poche s'engage pour
l'environnement en réduisant
l'empreinte carbone de ses livres.
Celle de cet exemplaire est de :
200 g éq. CO_2
Rendez-vous sur
www.livredepoche-durable.fr

Composition réalisée par NORD COMPO

Achevé d'imprimer en avril 2014, en France sur Presse Offset par
Maury-Imprimeur – 45330 Malesherbes
N° d'imprimeur : 189116
Dépôt légal 1re publication : mai 2003
Édition 09 – avril 2014
LIBRAIRIE GÉNÉRALE FRANÇAISE – 31, rue de Fleurus – 75278 Paris Cedex 06

31/5522/3